目录

中国卷

故乡的野菜　周作人 / 003

没有秋虫的地方　叶圣陶 / 007

秋天的况味　林语堂 / 010

雷雨前　茅　盾 / 014

翡冷翠山居闲话　徐志摩 / 018

桨声灯影里的秦淮河　朱自清 / 023

大明湖之春　老　舍 / 033

说几句爱海的孩气的话　冰　心 / 038

常德的船　沈从文 / 042

雅舍　梁实秋 / 052

海上的日出　巴　金 / 057

野店　臧克家 / 060

初冬　萧　红 / 066

废墟　余秋雨 / 071

想念地坛　史铁生 / 077
月迹　贾平凹 / 083
陪考一日　莫　言 / 088
德加眼中的芭蕾舞女　铁　凝 / 095

外国卷

到尼亚加拉大瀑布　［英国］狄更斯 / 103
贝多芬百年祭　［英国］萧伯纳 / 108
沙漠　［法国］安·纪德 / 115
松鼠　［法国］科莱特 / 119
农家　［德国］黑塞 / 125
伟大的日子　［美国］海伦·凯勒 / 129
世间最美的坟墓——记 1928 年的一次俄国旅行　［奥地利］斯·茨威格 / 134
疯子　［黎巴嫩］纪伯伦 / 138
克拉克河谷怀旧　［美国］海明威 / 141
花未眠　［日本］川端康成 / 145
归来的温馨　［智利］聂鲁达 / 150

中国卷

故乡的野菜

周作人

我的故乡不止一个，我住过的地方都是故乡。故乡对于我并没有什么特别的情分，只因钓于斯游于斯的关系，朝夕会面，遂成相识，正如乡村里的邻舍一样，虽然不是亲属，别后有时也要想念到他。我在浙东住过十几年，南京东京都住过六年，这都是我的故乡；现在住在北京，于是北京就成了我的家乡了。

日前我的妻往西单市场买菜回来，说起有荠菜在那里卖着，我便想起浙东的事来。荠菜是浙东人春天常吃的野菜，乡间不必说，就是城里只要有后园的人家都可以随时采食，妇女小儿各拿一把剪刀一只“苗篮”，蹲在地上搜寻，是一种有趣味的游戏的工作。那时小孩们唱道：“荠菜马兰头，姊姊嫁在后门头。”后来马兰头有乡人拿来进城售卖了，但荠菜还是一种野菜，须得自家去采。关于荠菜向来颇有风雅的传说，不过这似乎以吴地为主。《西湖游览志》云：“三月三日男女皆戴荠菜花。谚云：三春戴荠花，桃李羞繁华。”顾禄的《清嘉录》上亦说：“荠菜花俗呼野菜花，因谚有‘三月三，蚂蚁上灶山’之语，三日人家皆以野菜花置灶陉上。以厌虫蚁。侵晨村童叫卖不绝。或妇女簪髻上以祈清目，俗号眼亮花。”但浙东人却不很理会这些事情，只是挑来做菜或炒年糕吃罢了。

黄花麦果通称鼠曲草，系菊科植物，叶小微圆互生，表面有白毛，花黄色，簇生梢头。春天采嫩叶，捣烂去汁，和粉作糕，称黄花麦果糕。小孩们有歌赞美之云：

黄花麦果韧结结，
关得大门自要吃；
半块拿弗出，一块自要吃。

清明前后扫墓时，有些人家——大约是保存古风的人家——用黄花麦果作供，但不作饼状，做成小颗如指顶大，或细条如小指，以五六个作一攒，名曰茧果，不知是什么意思，或因蚕上山时设祭，也用这种食品，故有是称，亦未可知。自从十二三岁时外出不参与外祖家扫墓以后，不复见过茧果，近来住在北京，也不再见黄花麦果的影子了。日本称作“御形”，与荠菜同为春的七草之一，也采来做点心用，状如艾饺，名曰“草饼”，春分前后多食之，在北京也有，但是吃去总是日本风味，不复是儿时的黄花麦果糕了。

扫墓时候所常吃的还有一种野菜，俗名草紫，通称紫云英。农人在收获后，播种田内，用作肥料，是一种很被贱视的植物，但采取嫩茎瀹食，味颇鲜美，似豌豆苗。花紫红色，数十亩接连不断，一片锦绣，如铺着华美的地毯，非常好看，而且花朵状若蝴蝶，又如鸡雏，尤为小孩所喜。间有白色的花，相传可以治痢，很是珍重，但不易得。日本《俳句大辞典》云，“此草与蒲公英同是习见的东西，从幼年时代便已熟识。在女人里边，不曾采过紫云英的人，恐未必有吧。”中国古来没有花环，但紫云英的花球却是小孩常玩的东西，这一层我还替那些小人们欣幸的，浙东扫墓用鼓吹，所以少年常随了乐音去看“上坟船里的姣姣”；没有钱的人家虽没有鼓吹，但是船头上篷窗下总露出些紫云英和杜鹃的花束，这也就是上坟船的确实的证据了。

作者简介

周作人（1885—1967），现代著名散文家、文学理论家、评论家、诗人、翻译家。散文集有《自己的园地》《雨天的书》《看云集》《苦茶随笔》《知堂文集》等。

这是一篇记叙地方风物的小品。从表面上看，作者只是介绍了浙东地方三种常见的野菜：荠菜、黄花麦果、紫云英。事实上作者通过对这三种野菜的性状、用途及其与人们生活关系的细腻描摹，把浙东地方的人情、风物及传统的生活特点写出来了。周作人是一位颇重雅趣的作家，然而他笔下的雅趣往往脱胎于野趣，周作人自己曾说：“民间生活本来不会如文人学士所期望的风雅……而如实地记述下来，却又可以别有雅趣。”在作者朴实无华的笔墨下，我们仿佛看到了春天里浙东一带的妇女儿童遍地“搜寻”野菜的情景，听到了孩子们唱的充满了乡情与祝愿的俚歌，观赏了伴着“鼓吹”（或只露出紫云英和杜鹃的花束）的上坟船，领略了“三春戴荠花，桃李羞繁华”的热闹气氛……自然、古朴，富有生活真趣。由几种野菜，几乎写尽了浙东风光。文中引述的“荠菜马兰头，姊姊嫁在后门头”“黄花麦果韧结结，关得大门自要吃；半块拿弗出，一块自要吃”，野趣也沸沸十足。本文用笔极其简练明净，如“浙东扫墓用鼓吹，所以少年常随了乐音去看‘上坟船里的姣姣’；没有钱的人家虽没有鼓吹，但是船头上篷窗下总露出些紫云英和杜鹃的花束”，精练传神地描摹出了浙东地区的扫墓民俗。作者以质朴的语言对民俗的东西忠实地记述，以存野趣，以独特的审美标准去芜存精，是这篇散文以及周作人若干散文化野趣为雅趣的艺术手法所在。

作者在文中虽然声称和故乡之间只是“钓于斯游于斯的关系”，但在字里行间，却情不自禁地流露了乡思和乡情。例如他讲到日本的“草饼”，且“在北京也有”，但“吃去总是日本风味，不复是儿时的黄花麦果糕了”，从中流露出故乡的风味小吃在他“儿时”的感觉和情绪中留下的不可代替的印象。又如对浙东人拿“苗篮”采荠菜和扫墓时上坟船时的回忆，无疑流露出悠悠的思乡之情。周作人将这种人人都有的经验借助文学语言细腻地表达了出来。作者对故乡的感情是借助于故乡的野菜来传达的，而他几乎不直接用言语去赞美这些野菜，却不断地通过一首首俚歌，唱出了人们对这些野菜的喜爱，又通过书上记载的美丽的谚语（如“三春戴荠花，桃李羞繁华”等）赋予这些野菜以浓郁的诗意，表面上不着作者一点儿主观色彩，实际上他的感情全包含在这些俚歌和谚语之中了。“故乡的野菜”不仅被赋予了感情，也被赋予了诗意。

周作人还往往把浙东的民俗推衍到深厚的文化背景里去。《故乡的野菜》虽然只不过千二百字，引文却占据了将近六分之一。其中他征引了明人田汝成的《西湖游览志》、顾禄的《清嘉录》，以古证今，把浙东民俗提高到文化史的层次来描写，从而使古今融为一片。作者曾赴日留学，由于其独特的生活体验，喜欢以东洋的习俗来作比较，譬如说到黄花麦果时即以日本的“御形”作比，“在北京也有，但是吃去总是日本风味，不复是儿时的黄花麦果糕了”。而在记叙紫云英时又引证日本的《俳句大辞典》，充分体现了作者渊博的知识和丰富的生活经验，从而又把浙东民俗放在横的文化比较的剖面。而且，凡是他引用书本的地方，都能做到自然、恰切，融会贯通，绝无卖弄之嫌，充分体现了他驾驭语言的娴熟功力。

（王乃华）

没有秋虫的地方

叶圣陶

阶前看不见一茎绿草，窗外望不见一只蝴蝶，谁说是鹁鸽箱里的生活，鹁鸽未必这样枯燥无味呢。秋天来了，记忆就轻轻提示道："凄凄切切的秋虫又要响起来了。"可是一点影响也没有，邻舍儿啼人闹弦歌杂作的深夜，街上轮震石响邪许并起的清晨，无论你靠着枕头听，凭着窗沿听，甚至贴着墙听，总听不到一丝秋虫的声息。并不是被那些欢乐的劳困的宏大的清凉的声音淹没了，以致听不出来，乃是这里根本没有秋虫。啊，不容留秋虫的地方！秋虫所不屑居留的地方！

若是在鄙野的乡间，这时候满耳朵是虫声了。白天与夜间一样安闲；一切人物或动或静，都有自得之趣；嫩暖的阳光和轻淡的云覆盖在场上，到夜间呢，明耀的星月和轻微的凉风看守着整夜，在这境界这时间里惟一足以感动心情的是秋虫的合奏。它们高、低、宏、细、疾、徐、作、歇，仿佛经过乐师们的精心训练，所以这样地无可批评，踌躇满志，其实它们每一个都是神妙的乐师；众妙毕集、各抒灵趣，哪有不成人间绝响的呢？

虽然这些虫声会引起劳人的感叹，秋士的伤怀，独客的微喟，思妇的低泣，但是这正是无上的美的境界，绝好的自然诗篇，不独是旁人最喜欢吟味的，就是当境者也感受一种酸酸麻麻的味道，这种味道在另一方面是非常隽永的。

大概我们所蕲求的不在于某种味道，只要时时有点儿味道尝尝，就自诩为生活不空虚了。假若这味道是甜美的，我们固然含着笑来体味它，若是酸苦的，我们也要皱着眉头来辨尝它；这总比淡漠无味胜过百倍，我们以为最难堪而极欲逃避的，惟有这个淡漠无味！

所以心如槁木不如工愁善感，迷蒙的醒不如热烈的梦，一口苦水胜于一盏白汤，一场痛哭胜于哀乐两忘。这里并不是说愉快欢乐是要不得的，清健的醒是不必求的，甜汤是罪恶的，狂笑是魔道的；这里只是说有味道胜于淡漠罢了。

所以虫声是足系恋念的东西，何况劳人秋士独客思妇以外还有无量的人，他们当然也是酷嗜趣味的，当这凉意微逗的时候，谁能不忆起那美妙的秋之音乐？

可是没有，绝对没有！井底似的庭院，铅色的水门汀地，秋虫早已避去惟恐不速了。而我们没有它的翅膀与大腿，不能飞又不能跳，还是死守在这里，想到“井底”与“铅色”，觉得象征意味丰富极了。

作者简介

叶圣陶（1894—1988），现代著名作家、语文教育家及出版家。著有长篇小说《倪焕之》，童话集《稻草人》以及小说集《隔膜》《火灾》等。

《没有秋虫的地方》这篇散文是现代著名作家、语文教育家叶圣陶先生早期的散文代表作。文章语言精致凝练，主题意蕴深邃博大，构思巧妙，意境悠远深广，是一篇不可多得的散文佳作。

文章的基调是写秋感秋的，但作者并没有按照传统的悲秋状秋的模式来构思行文，而是选用了“秋虫”“秋声”这样独特的意象作为文章表达的中心，不落窠臼，令人耳目一新。通过遥想并描绘秋虫汇集的环境、秋虫的鸣唱以及形态，把秋天描写成一个充满美妙音符、蕴蓄着昂扬情调的乐园。

作者首先写到了秋虫居住的环境，那里白天和黑夜一样安谧静雅，晓风朗月，鸣声轻柔。接下来作者集中笔墨描写了“鄙野的乡间”中令人感怀心动的秋虫声。作者把秋虫的鸣叫比作音乐合奏，用“高、低、宏、细、疾、徐、作、歇”写秋虫合奏的音响，仅仅用这几组反义词就把合奏的声响、节奏淋漓尽致地表现了出来。作者还用“踌躇满志”来描摹秋虫鸣叫的神态气势，更是恰如其分，惟妙惟肖。最后作者用劳人、秋士、独客、思妇由虫声生发的感叹来进一步反衬有秋虫点缀的秋天的美妙图景。

更为深刻的是，作者并没有把文章的思想内容停留在这样的表层位置上，而是把这种充满秋虫鸣叫的、生机勃勃的场景与城市鹁鸽箱似的生活、“井底似的庭院”“铅色的水门汀”进行对比。作者写道：“可是没有，绝对没有！井底似的庭院，铅色的水门汀地，秋虫早已避去惟恐不速了。而我们没有它的翅膀与大腿，不能飞又不能跳，还是死守在这里，想到‘井底’与‘铅色’，觉得象征意味丰富极了。”这一段点题的话语表达了自己对于城市生活的厌倦，对于闲适自在的“鄙野的乡间”的向往与依恋，当然也在一定程度上影射了当时的社会政治大环境，这样自然就使文章的旨意变得更为深刻而宏大。

（仕永波）

秋天的况味

林语堂

秋天的黄昏，一人独坐在沙发上抽烟，看烟头白灰之下露出红光，微微透露出暖气，心头的情绪便跟着那蓝烟缭绕而上，一样的轻松，一样的自由。不转眼缭烟变成缕缕的细丝，慢慢不见了，而那刹时，心上的情绪也跟着消沉于大千世界，所以也不讲那时的情绪，而只讲那时的情绪的况味。待要再划一根洋火，再点起那已点过三四次的雪茄，却因白灰已积得太多，点不着，乃轻轻地一弹，烟灰静悄悄地落在钢炉上，其静寂如同我此时用毛笔写在宣纸上一样，一点的声息也没有。于是再点起来，一口一口地吞云吐雾，香气扑鼻，宛如偎红倚翠温香在抱的情调。于是想到烟，想到这烟一股温煦的热气，想到室中缭绕暗淡的烟霞，想到秋天的意味。这时才忆起，向来诗文上秋的含义，并不是这样的，使人联想的是肃杀，是凄凉，是秋扇，是红叶，是荒林，是萋草。然而秋确有另一意味，没有春天的阳气勃勃，也没有夏天的炎烈迫人，也不像冬天之全入于枯槁凋零。我所爱的是秋林古气磅礴气象。有人以老气横秋骂人，可见是不懂得秋林古色之滋味。在四时中，我于秋是有偏爱的，所以不妨说说。秋是代表成熟，对于春天之明媚娇艳，夏日之茂密浓深，都是过来人，不足为奇了，所以其色淡，叶多黄，有古色苍茏之慨，不单以葱翠争荣了。这是我所谓秋的意味。大概我所爱的不是晚秋，是初秋，那时暄气初消，月正圆，蟹正肥，桂花皎洁，也未陷入凛冽萧瑟气态，这是最值得赏乐的。那时的温和，如我烟上的红灰，只是一股熏熱的温香罢了。或如文人已排脱下笔惊人的格调，而渐趋纯熟练达，宏毅坚实，其文读来有深长意味。这就是庄子所谓“正得秋而万宝成”结实的意义。在人生上最享乐的就是这一类的事。比如酒以醇以老为佳。烟也有和烈之辨。雪茄之佳者，远胜于香烟，因其气味较和。倘是烧得得法，慢慢地吸完一支，看那红光炙发，有无穷的意味。鸦片吾不知，然看见人在烟灯上烧，听那微微毕剥的声音，也觉得有一种诗意。大概凡是古老、纯熟、熏黄、熟练的事物，都使我得到同样的愉快。如一只熏黑的陶锅在烘炉上用慢火炖猪肉时所发出的锅中徐吟的声调，是使我感到同观人烧大烟一样的兴趣。或如一本用过二十年而尚未破烂的字典，或是一张用了半世的书桌，或如看见街上一块熏黑了老气横秋的招牌，或是看见书法大家苍劲雄深的笔迹，都令人有相同的快乐。人生世上如岁月之有四时，必须要经过这纯熟时期，如女人发育健全遭遇安顺的，亦必有一时徐娘半老的风韵，为二八佳人所绝不可及者。使我最佩服的是邓肯的佳句：“世人只会吟咏春天与恋爱，真无道理。须知秋天的景色，更华丽、更恢奇，而秋天的快乐有万倍的雄壮、惊奇、都丽。我真可怜那些妇女识见褊狭，使她们错过爱之秋天的宏大的赠赐。”若邓肯者，可谓识趣之人。

作者简介

林语堂（1895—1976），现代著名学者、文学家、语言学家。著有《人生的盛宴》《生活的艺术》《孔子的智慧》《吾国与吾民》《京华烟云》等。

在以往许许多多的诗词文章中，文人骚客们喜欢在秋风秋雨中体验生命的衰微，在落日黄昏里感叹生活的悲凉与凄惶，而在林语堂的笔下，秋则独具一番宁静深远的况味。春华秋实，在四时之中，秋是成熟和收获的季节，但作者却没有花费笔墨描写秋的表面的丰硕与肥美，而是跳开一步，超然物外，以一种怡然之情，写秋的一种绵延细节的意味，一种漫无边际的感觉。

一烟在手，独坐对黄昏，在一片宁静、惬意的氛围中，作者的思绪如那白色缥缈微暖的烟雾，悠悠地飘忽着。于是作者的思绪也如无缰游马，秋的温润便在作者心中悠然荡漾开来，秋成了代表成熟内蕴古色苍莽的过来人，成为烟上的红灰，文人笔下成熟的文章，又老又醇的酒，带一股熏蒸的温香,散发着一种和顺纯正的有着无穷的深长意味的气息;秋被比作雪茄、鸦片，用过二十年的破烂字典，用过半世纪的书桌，一块老气横秋的招牌，甚或一只熏黑的陶锅在烘炉上用慢火炖猪肉时所发出的徐吟的声调。文中没有绚烂的彩绘，但笔锋到处，浓情四溢，透出浓郁袭人的醇美与丰厚，表达出深远厚重的生命底蕴。

散文全篇印证着作者的那句至真至极的人生名言：人的一生无论成败，他都有权休息，过优哉游哉的日子。人到中年，如庄子谓：“正得秋而万宝成”，谁都品味过许多人生的苦辣酸甜，但并不是每个人都能把人生赐予的宝贵财富转换为对生活的智慧与练达，也并不是每个人在历经苦难困厄之后仍然保持着对人的宽容、对生活的挚爱。在许多人的生命里，人生之秋成了不堪重负的季节，步履维艰，心境苍凉。而在林语堂的笔下，我们体味到人生之秋的丰厚，在他这儿，生命有了一份醇厚的底蕴，毫无滞涩晦暗的感觉，相反，这份厚重的底蕴显得从容洒脱，深远而又充满了睿智。

但凡好的散文，不外以情取胜，以意取胜，以趣取胜。在林语堂的散文中，就有一种“不著一字，尽得风流”的韵致与趣味。《秋天的况味》似乎没有一句与秋直接接轨的话，但读完全文，却又觉着全文处处散发着秋的气息。作者的思绪过处，每一情景，每一事物，都沾染并传达着一种秋的趣味，这种趣味包含着丰富的对生活的体验与感悟，对生命的叩问与探索，同时展示着一种博大的情怀和超然的态度。

崇尚合乎情理的精神，是林语堂素来的主张，并奉之为人类文化的最高理想，所以生活中的林语堂从不偏激、傲慢，视情理、人性、道义为最宝贵的东西。这种豁达的人生观在千把字的《秋天的况味》中得到了淋漓尽致的体现，他用一支情趣横生的妙笔营造了一种温馨而富有情致韵味的氛围。就像文章中那些浸润了生命与历史内涵的意象，如醇老的酒、破烂的字典、熏黑的招牌、书法大家苍劲雄深的笔迹，都是历尽变幻沧桑而达纯熟的境界，或许就是“正得秋而万宝成”的意蕴所在吧，这是本文在艺术表现上的一个突出特点。

（陈文亮）

雷雨前

茅盾

清早起来，就走到那座小石桥上。摸一摸桥石，竟像还带点热。昨天整天里没有一丝儿风。晚快边响了一阵子干雷，也没有风，这一夜就闷得比白天还厉害。天快亮的时候，这桥上还有两三个人躺着，也许就是他们把这些石头又困得热烘烘。

满天里张着个灰色的幔。看不见太阳。然而太阳的威力好像透过了那灰色的幔，直逼着你头顶。

河里连一滴水也没有了,河中心的泥土也裂成乌龟壳似的。田里呢，早就像开了无数的小沟，——有两尺多阔的，你能说不像沟么？那些苍白色的泥土，干硬得就跟水门汀差不多。好像它们过了一夜功夫还不曾把白天吸下去的热气吐完，这时它们那些扁长的嘴巴里似乎有白烟一样的东西往上冒。

站在桥上的人就同浑身的毛孔全都闭住，心口泛淘淘，像要呕出什么来。

这一天上午，天空老张着那灰色的幔，没有一点点漏洞，也没有动一动。也许幔外边有的是风，但我们罩在这幔里的。把鸡毛从桥头抛下去，也没见它飘飘扬扬踱方步。就跟住在抽出了空气的大筒里似的，人张开两臂用力行一次深呼吸，可是吸进来只是热辣辣的一股闷。

汗呢，只管钻出来，钻出来，可是胶水一样，胶得你浑身不爽快，像结了一层壳。

午后三点钟光景，人像快要干死的鱼，张开了一张嘴。忽然天空那灰色的幔裂了一条缝！不折不扣一条缝！像明晃晃的刀口在这幔上划过。然而划过了，幔又合拢跟没有划过的时候一样，透不进一丝儿风。一会儿，长空一闪，又是那灰色的幔裂了一次缝。然而中什么用！

像有一只巨人的手拿着明晃晃的大刀在外边想挑破那灰色的幔，像是这巨人已在咆哮发怒，越来越紧了，一闪一闪满天空瞥过那大刀的光亮，隆隆隆，幔外边来了巨人的愤怒的吼声！

猛可地闪光和吼声都没有了，还是一张密不通风的灰色的幔！

空气比以前加倍闷！那幔比以前加倍厚！天加倍黑！

你会猜想这时那幔外边的巨人在揩着汗，歇一口气；你断不定他想要进攻。你焦躁地等着，等着那挑破灰色幔的大刀的一闪电光，那隆隆隆的怒吼声。

可是你等着，等着，却等来了苍蝇。它们从龌龊的地方飞出来，嗡嗡嗡的，绕住你，叮你的涂一层胶似的皮肤。戴红顶子像个大员模样的金苍蝇刚从粪坑里吃饱了来，专拣你的鼻子尖上蹲。

也等来了蚊子。哼哼哼的，像老和尚念经，或者老秀才读古文。苍蝇给你传染病，蚊子却老是要喝你的血呢！

你跳起来拿着蒲扇乱扑，可是赶走了这一边的，那一边又是一大群乘隙进攻。你大声叫喊，它们只回答你个哼哼哼，嗡嗡嗡！

外边树梢头的蝉儿却在那里唱高调："要死哟！要死哟！"

你汗也流尽了，嘴里干得像烧，你手脚也软了，你会觉得世界末日也不会比这再坏！

然而猛可地电光一闪，照得屋角里都雪亮。幔外边的巨人一下子把那灰色的幔扯得粉碎了！轰隆隆，轰隆隆，他胜利地叫着。呼——呼——挡在幔外边整整两天的风开足了超高速度扑来了！蝉儿噤声，苍蝇逃走，蚊子躲起来，人身上像剥落了一层壳那么一爽。

霍！霍！霍！巨人的刀光在长空飞舞。

轰隆隆，轰隆隆，再急些！再响些吧！

让大雷雨冲洗出个干净清凉的世界！

作者简介

茅盾（1896—1981），现代著名文学家、文学评论家，著有《子夜》等小说及《白杨礼赞》《风景谈》《卖豆腐的哨子》《鞭炮声中》《谈月亮》《雾中偶记》《大地山河》《黄昏》《雾》《天窗》等散文。

春愁秋恨，冽寒酷暑，是人类对一年四季里物境交替的情绪感应，同时，人的情感又总是投射在特定环境中的事物上。茅盾先生的《雷雨前》就给我们展示了一幅炎热夏季里雷雨前的自然图景和心理图式，作者将闷热天气里的心理感觉外化在自然环境的事物上，通过淋漓尽致的细节描摹和情景渲染，再现了酷暑天里雷雨前的焦躁、郁闷和对狂风暴雨的渴望。同时，也是对当时现实社会的一个象征性的写照。

心理感觉的外化和细节的描摹是这篇散文的主要特色。作者以清晨桥石的温热为切入点，从清晨的石头本应该给人以冰凉清爽的感觉经验，到这被“困得热烘烘”的现实感觉反差，引出无风而闷热的天气现状。“没有一丝儿风”的天空又像是满天里张着一张灰色的幔把风给罩住了，这张密不通风的灰色的幔使空间像是一个被抽空的大筒，抛片鸡毛都不见飘扬！深呼吸，吸进去的也只是热辣辣的一股闷！这样由外及内至外，环环相扣地描摹了郁热、憋闷而令人焦躁的天气。作者除了把闷热的心理感觉虚化为“灰色的幔”外，还把酷暑实化到具体的事物上，河里，田里，连一滴水也没有了，泥土裂成乌龟壳似的，像开了无数的小沟，干硬得就跟水门汀差不多。这土地的干渴是人心理干渴图式的暗示，同时，土地干裂更渲染出酷暑炎热的程度。苍蝇与蚊子也乘隙进攻，在耳边哼哼哼、嗡嗡嗡，惹人心烦，这些都从侧面表现出人郁热烦躁的心情！除却侧面烘托，作者也从正面加以描写：感觉浑身的毛孔全都被闭住了！汗像胶水一样，胶得浑身不爽快，像结了一层壳！嘴里干得像烧，手软了，整个人像快要干死的鱼，觉得世界末日也不会比这再坏！正是通过这内外感觉的转化和描摹，正侧的描写和烘托，使读者仿佛也置身于雷雨前的郁热和憋闷中。

作者在极度的闷热中把闪电想象成一个巨人拿着大刀想从外部挑破那灰色的幔，雷声则是他的愤怒和咆哮，一闪一闪满天空瞥过那大刀的光亮，隆隆隆，幔外边来了愤怒的吼声！长空飞舞着电闪雷鸣，终于挑破了沉闷而厚重的幔，挡在幔外边整整两天的风开足了超高速度扑来了！蝉儿噤声，苍蝇逃走，蚊子躲起来，人身上像剥落了一层壳那么一爽。风来了，先从风速上给人以痛快的感觉，然后从自然景物的角度描摹风的威力，最后从风过后皮肤带来的清爽感觉写心情的舒爽。作者以自己的想象和写实描绘出雷雨前的包孕着反抗和力度的郁热和焦躁，最后以“让大雷雨冲洗出个干净清凉的世界”的呼唤和期待，引领着读者进入到对干净清凉的新世界的想象之中。

（崔凯璇）

翡冷翠山居闲话

徐志摩

在这里出门散步去，上山或是下山，在一个晴好的五月的向晚，正像是去赴一个美的宴会，比如去一果子园，那边每株树上都是满挂着诗情最秀逸的果实，假如你单是站着看还不满意时，只要你一伸手就可以采取，可以恣尝鲜味，足够你性灵的迷醉。阳光正好暖和，决不过暖；风息是温驯的，而且往往因为他是从繁花的山林里吹度过来，他带来一股幽远的淡香，连着一息滋润的水汽，摩挲着你的颜面。轻绕着你的肩腰，就这单纯的呼吸已是无穷的愉快；空气总是明净的，近谷内不生烟，远山上不起霭，那美秀风景的全部正像画片似的展露在你的眼前，供你闲暇的鉴赏。

作客山中的妙处，尤在你永不须踌躇你的服色与体态；你不妨摇曳着一头的蓬草，不妨纵容你满腮的苔藓；你爱穿什么就穿什么；扮一个牧童，扮一个渔翁，装一个农夫，装一个走江湖的吉卜赛，装一个猎户；你再不必担心整理你的领结，你尽可以不用领结，给你的颈根与胸膛一半日的自由；你可以拿一条镶边艳色的长巾包在你的头上，学一个太平军的头目，或是拜伦那埃及装的姿态；但最要紧的是穿上你最旧的旧鞋，别管他模样不佳，他们是顶可爱的好友，他们承着你的体重却不叫你记起你还有一双脚在你的底下。

这样的玩顶好是不要约伴，我竟想严格地取缔，只许你独身；因为有了伴多少总得叫你分心，尤其是年轻的女伴，那是最危险最专制不过的旅伴，你应得躲避她像你躲避青草里一条美丽的花蛇！平常我们从自己家里走到朋友的家里，或是我们执事的地方，那无非是在同一个大牢里从一间狱室移到另一间狱室去，拘束永远跟着我们，自由永远寻不到我们；但在这春夏间美秀的山中或乡间你要是有机会独身闲逛时，那才是你福星高照的时候，那才是你实际领受，亲口尝味，自由与自在的时候，那才是你肉体与灵魂行动一致的时候；朋友们，我们多长一岁年纪往往只是加重我们头上的枷，加紧我们脚胫上的链，我们见小孩子在草里在沙堆里在浅水里打滚作乐，或是看见小猫追他自己的尾巴，何尝没有羡慕的时候，但我们的枷，我们的链永远是制定我们行动的上司！所以只有你单身奔赴大自然的怀抱时，像一个裸体的小孩扑入他母亲的怀抱时，你才知道灵魂的愉快是怎样的，单是活着的快乐是怎样的，单就呼吸单就走道单就张眼看耸耳听的幸福是怎样的。因此你得严格的为己，极端的自私，只许你，体魄与性灵，与自然同在一个脉搏里跳动，同在一个音波里起伏，同在一个神奇的宇宙里自得。我们浑朴的天真是像含羞草似的娇柔，一经同伴的抵触，他就卷了起来，但在澄静的日光下，和风中，他的姿态是自然的，他的生活是无阻碍的。

你一个人漫游的时候，你就会在青草里坐地仰卧，甚至有时打滚，因为草的和暖的颜色自然地唤起你童稚的活泼；在静僻的道上你就会不自主地狂舞，看着你自己的身影幻出种种诡异的变相，因为道旁树木的阴影在他们迂徐的婆娑里暗示你舞蹈的快乐；你也会得信口地歌唱，偶尔记起断片的音调，与你自己随口的小曲，因为树林中的莺燕告诉你春光是应得赞美的；更不必说你的胸襟自然会跟着漫长的山径开拓，你的心地会看着澄蓝的天空静定，你的思想和着山壑间的水声，山罅里的泉响，有时一澄到底的清澈，有时激起成章的波动，流，流，流入凉爽的橄榄林中，流入妩媚的阿诺河去……

并且你不但不须应伴，每逢这样的游行，你也不必带书。书是理想的伴侣，但你应得带书，是在火车上，在你住处的客室里，不是在你独身漫步的时候。什么伟大的深沉的鼓舞的清明的优美的思想的根源不是可以在风籁中，云彩里，山势与地形的起伏里，花草的颜色与香息里寻得？自然是最伟大的一部书，歌德说，在他每一页的字句里我们读得最深奥的消息。并且这书上的文字是人人懂得的；阿尔卑斯与五老峰，雪西里与普陀山，莱茵河与扬子江，梨梦湖与西子湖，建兰与琼花，杭州西溪的芦雪与威尼斯夕照的红潮，百灵与夜莺，更不提一般黄的黄麦，一般紫的紫藤，一般青的青草同在大地上生长，同在和风中波动——他们应用的符号是永远一致的，他们的意义是永远明显的，只要你自己性灵上不长疮瘢，眼不盲，耳不塞，这无形迹的最高等教育便永远是你的名分，这不取费的最珍贵的补剂便永远供你的受用；只要你认识了这一部书，你在这世界上寂寞时便不寂寞，穷困时不穷困，苦恼时有安慰，挫折时有鼓励，软弱时有督责，迷失时有南针。

作者简介

徐志摩（1897—1931），现代诗人、散文家。著有散文集《落叶》《巴黎的鳞爪》《秋》，诗歌集《翡冷翠的一夜》等，著名诗歌名篇有《再别康桥》《沙扬娜拉》等。

《翡冷翠山居闲话》是徐志摩1925年在风景优美的意大利名城翡冷翠（今译“佛罗伦萨”）时所写下的一篇脍炙人口的抒情散文。

在徐志摩的散文中，崇拜自然、浪迹山水、寄情自然是重要内容之一。这篇散文，就是描述作者在翡冷翠山居时的心境的。之所以称为“闲话”，是因为作者既没有记山居时的生活，也没有具体描绘山中绮丽的风光，而是从眼前的景物荡发开去，着重内心情怀的抒发，通过冥想的途径反映个人情志，为我们描绘出了一个不带丝毫雕饰、没有任何羁绊、不受一点儿约束的自然而纯真的山中风景画。

文章开头写风和日丽之日出门散步，“像是去赴一个美的宴会”，像是“去一果子园”，喜悦之情跃然纸上，在这里“上山或是下山”，足够你“性灵的迷醉”，一下子就点到了山居之妙。接着用一串假设的句式，具体描绘山居时的服色、体态、穿着、打扮的自由自在，无拘无束，流露出独行山中的超脱舒畅之情。然后从不同角度表达山居的乐处和乐趣。“坐地，仰卧”，甚至“打滚”，“狂舞”，“信口歌唱”……

作者厌恶现代文明，认为文明窒息了人的性灵，影响了人的自由。这种返璞归真的欲望，到了大自然里便得到极大的满足。“只有你单身奔赴大自然的怀抱时，像一个裸体的小孩扑入他母亲的怀抱时，你才知道灵魂的愉快是怎样的，单是活着的快乐是怎样的，单就呼吸单就走道单就张眼看耸耳听的幸福是怎样的。”酣畅淋漓的自我感受使人心醉神迷。

作者将大自然比作“最伟大的一部书”，把大自然对人们灵魂的陶冶、安慰与鼓舞等作用提到一个哲理性的高度：只要认识了这一部书，在这世界上，“寂寞时便不寂寞，穷困时不穷困，苦恼时有安慰，挫折时有鼓励，软弱时有督责，迷失时有南针”。全篇都围绕感受来写，以达到自我的实现。这就是作者创作这篇散文的成功之处，也是他超过别人的地方。

综观全文，我们会发现，在翡冷翠山居，这里有着大自然的纯美：正好暖和的阳光，温驯的风息，繁花幽远的淡香，不出烟、不起霭的明净的空气，伸手可采的鲜美的果实……一切毫无雕饰，而遨游其中的人也不受任何约束，他们“永不须踌躇”自己的“服色与体态”；不须修饰胡发，不须着意于衣衫，不须整理领结……一切任其自然。而且在这里无须受别人的管辖，只身前往，丢掉任何制约行为的“枷”与“链”，如裸体小孩扑入母亲的怀抱，“与自然同在一个脉搏里跳动，同在一个音波里起伏”，物我合一，享受到灵魂的喜悦。而且不必带书，即可尽情舒展自己的性灵，享用深蕴在大自然中“最深奥的消息”，受用大自然“最珍贵的补剂”。这自然、纯真、质朴的美，便是文章的精魂。

文中随处可见新鲜巧妙而又耐人寻味的比喻。例如形容当时观察生活的沉闷、黑暗和窒息，“是在同一个大牢里从一间狱室移到另一间狱室”，“多长一岁年纪往往只是加重我们头上的枷，加紧我们脚胫上的链”。形容人们单独奔赴大自然时，就“像一个裸体的小孩扑入他母亲的怀抱”。又用含羞草来比喻“我们浑朴的天真”，“一经同伴的抵触，他就卷了起来”。这些贴切恰当的比喻，把抽象的问题具体化，把艰深的思想通俗化，把枯燥的事物形象化，增强了作品的艺术魅力。

作为诗人的徐志摩，在他的散文中也有诗一样的意境、诗一样的格调、诗一样的旋律和如诗般的语言。写到自然美时，强调了阳光的适度，风息的温驯，空气的净；写遨游其中的人时，强调了他们的放情与自在，写出了他们从形体到灵魂与自然的相融，创造出一个毫无约束、至纯至朴的境界。全篇运用大量排比、对偶的句子，给散文融进诗的韵律。深邃幽远的意境，更使散文增添了浓郁的诗情。

（王乃华）

桨声灯影里的秦淮河

朱自清

一九二三年八月的一晚，我和平伯同游秦淮河。平伯是初泛，我是重来了。我们雇了一只“七板子”，在夕阳已去，皎月方来的时候，便下了船。于是桨声汩——汩，我们开始领略那晃荡着蔷薇色的历史的秦淮河的滋味了。

秦淮河里的船，比北京万生园、颐和园的船好，比西湖的船好，比扬州瘦西湖的船也好。这几处的船不是觉着笨，就是觉着简陋，局促；都不能引起乘客们的情韵，如秦淮河的船一样。秦淮河的船约略可分为两种：一是大船；一是小船，就是所谓“七板子”。大船舱口阔大，可容二三十人。里面陈设着字画和光洁的红木家具，桌上一律嵌着冰凉的大理石面。窗格雕镂颇细，使人起柔腻之感。窗格里映着红色蓝色的玻璃；玻璃上有精致的花纹，也颇悦人目。“七板子”规模虽不及大船，但那淡蓝色的栏杆，空敞的舱，也足系人情思。而最出色处却在它的舱前。舱前是甲板上的一部，上面有弧形的顶，两边用疏疏的栏杆支着。里面通常放着两张藤的躺椅。躺下，可以谈天，可以望远，可以顾盼两岸的河房。大船上也有这个，但在小船上更觉清隽罢了。舱前的顶下，一律悬着灯彩；灯的多少、明暗，彩苏的精粗、艳晦，是不一的，但好歹总还你一个灯彩。这灯彩实在是最能勾人的东西。夜幕垂垂地下来时，大小船上都点起灯火。

从两重玻璃里映出那辐射着的黄黄的散光，反晕出一片朦胧的烟霭；透过这烟霭，在黯黯的水波里，又逗起缕缕的明漪。在这薄霭和微漪里，听着那悠然的间歇的桨声，谁能不被引入他的美梦去呢？只愁梦太多了，这些大小船儿如何载得起呀？我们这时模模糊糊地谈着明末的秦淮河的艳迹，如《桃花扇》及《板桥杂记》里所载的。我们真神往了。我们仿佛亲见那时华灯映水，画舫凌波的光景了。于是我们的船便成了历史的重载了。我们终于恍然秦淮河的船所以雅丽过于他处，而又有奇异的吸引力的，实在是许多历史的影像使然了。

秦淮河的水是碧阴阴的；看起来厚而不腻，或者是六朝金粉所凝么？我们初上船的时候，天色还未断黑，那漾漾的柔波是这样恬静，委婉，使我们一面有水阔天空之想，一面又憧憬着纸醉金迷之境了。等到灯火明时，阴阴的变为沉沉了：黯淡的水光，像梦一般；那偶然闪烁着的光芒，就是梦的眼睛了。我们坐在舱前，因了那隆起的顶棚，仿佛总是昂着首向前走着似的；于是飘飘然如御风而行的我们，看在那些自在的湾泊着的船，船里走马灯般的人物，便像是下界一般，迢迢的远了，又像在雾里看花，尽朦朦胧胧的。这时我们已过了利涉桥，望见东关头了。沿路听见断续的歌声：有从沿河的妓楼飘来的，有从河上船里度来的。我们明知那些歌声，只是些因袭的言词，从生涩的歌喉里机械地发出来的；但它们经了夏夜的微风的吹漾和水波的摇拂，袅娜着到我们耳边的时候，已经不单是她们的歌声，而混着微风和河水的密语了。于是我们不得不被牵惹着，震撼着，相与浮沉于这歌声里了。从东关头转湾，不久就到大中桥。大中桥共有三个桥拱，都很阔大，俨然是三座门儿；使我们觉得我们的船和船里的我们，在桥下过去时，真是太无颜色了。桥砖是深褐色，表明它的历史的长久；但都完好无缺，令人太息于古昔工程的坚美。

桥上两旁都是木壁的房子，中间应该有街路？这些房子都破旧了，多年烟熏的迹，遮没了当年的美丽。我想象秦淮河的极盛时，在这样宏阔的桥上，特地盖了房子，必然是髹漆得富富丽丽的；晚间必然是灯火通明的，现在却只剩下一片黑沉沉！但是桥上造着房子，毕竟使我们多少可以想见往日的繁华；这也慰情聊胜无了。过了大中桥，便到了灯月交辉，笙歌彻夜的秦淮河，这才是秦淮河的真面目哩。

大中桥外，顿然空阔，和桥内两岸排着密密的人家的景象大异了。一眼望去，疏疏的林，淡淡的月，衬着蓝蔚的天，顿像荒江野渡光景；那边呢，郁丛丛的，阴森森的，又似乎藏着无边的黑暗：令人几乎不信那是繁华的秦淮河了。但是河中眩晕着的灯光，纵横着的画舫，悠扬着的笛韵，夹着那吱吱的胡琴声，终于使我们认识绿如茵陈酒的秦淮水了。此地天裸露着的多些，故觉夜来的独迟些；从清清的水影里，我们感到的只是薄薄的夜——这正是秦淮河的夜。大中桥外，本来还有一座复成桥，是船夫口中的我们的游迹尽处，或也是秦淮河繁华的尽处了。我的脚曾踏过复成桥的脊，在十三四岁的时候。但是两次游秦淮河，却都不曾见着复成桥的面；明知总在前途的，却常觉得有些虚无缥缈似的。我想，不见倒也好。这时正是盛夏。我们下船后，藉着新生的晚凉和河上的微风，暑气已渐渐消散；到了此地，豁然开朗，身子顿然轻了——习习的清风荏苒在面上，手上，衣上，这便又感到了一缕新凉了。南京的日光，大概没有杭州猛烈；西湖的夏夜老是热蓬蓬的，水像沸着一般，秦淮河的水却尽是这样冷冷地绿着。任你人影的憧憧，歌声的扰扰，总像隔着一层薄薄的绿纱面幂似的；它尽是这样静静的，冷冷的绿着。我们出了大中桥，走不上半里路，船夫便将船划到一旁，停了桨由它宕着。他以为那里正是繁华的极点，再过去就是荒凉了；所以让我们多多赏鉴一会儿。他自己却静静地蹲着。他是看惯这光景的了，大约只是一个无可无不可。这无可无不可，无论是升的沉的，总之，都比我们高了。

那时河里闹热极了；船大半泊着，小半在水上穿梭似的来往。停泊着的都在近市的那一边，我们的船自然也夹在其中。因为这边略略的挤，便觉得那边十分的疏了。在每一只船从那边过去时，我们能画出它的轻轻的影和曲曲的波，在我们的心上；这显着是空，且显着是静了。那时处处都是歌声和凄厉的胡琴声，圆润的喉咙，确乎是很少的。但那生涩的、尖脆的调子能使人有少年的、粗率不拘的感觉，也正可快我们的意。况且多少隔开些儿听着，因为想象与渴慕的做美，总觉更有滋味；而竞发的喧嚣，抑扬的不齐，远近的杂沓，和乐器的嘈嘈切切，合成另一意味的谐音，也使我们无所适从，如随着大风而走。这实在因为我们的心枯涩久了，变为脆弱；故偶然润泽一下，便疯狂似的不能自主了。但秦淮河确也腻人。即如船里的人面，无论是和我们一堆儿泊着的，无论是从我们眼前过去的，总是模模糊糊的，甚至渺渺茫茫的；任你张圆了眼睛，揩净了眦垢，也是枉然。这真够人想呢。在我们停泊的地方，灯光原是纷然的；不过这些灯光都是黄而有晕的。黄已经不能明了，再加上了晕，便更不成了。灯愈多，晕就愈甚；在繁星般的黄的交错里，秦淮河仿佛笼上了一团光雾。光芒与雾气腾腾的晕着，什么都只剩了轮廓了；所以人面的详细的曲线，便消失于我们的眼底了。但灯光究竟夺不了那边的月色；灯光是浑的，月色是清的。在浑沌的灯光里，渗入一派清辉，却真是奇迹！那晚月儿已瘦削了两三分。她晚妆才罢，盈盈地上了柳梢头。天是蓝得可爱，仿佛一汪水似的；月儿便更出落得精神了。岸上原有三株两株的垂杨树，淡淡的影子，在水里摇曳着。它们那柔细的枝条浴着月光，就像一支支美人的臂膊，交互地缠着，挽着；又像是月儿披着的发。而月儿偶尔也从它们的交叉处偷偷窥看我们，大有小姑娘怕羞的样子。岸上另有几株不知名的老树，光光地立着；在月光里照起来，却又俨然是精神矍铄的老人。远处——快到天际线了。才有一两片白云，亮得现出异彩，像是美丽的贝壳一般。白云下便是黑黑的一带轮廓；另一条随意画的不规则的曲线。这一段光景，和河中的风味大异了。但灯与月竟能并存着，交融着，使月成了缠绵的月，灯射着渺渺的灵辉，这正是天之所以厚秦淮河，也正是天之所以厚我们了。

这时却遇着了难解的纠纷。秦淮河上原有一种歌妓，是以歌为业的。从前都在茶舫上，唱些大曲之类。每日午后一时起，什么时候止，却忘记了。晚上照样也有一回，也在黄晕的灯光里。我从前过南京时，曾随着朋友去听过两次。因为茶舫里的人脸太多了，觉得不大适意，终于听不出所以然。前年听说歌妓被取缔了，不知怎的，颇涉想了几次——却想不出什么。这次到南京，先到茶舫上去看看，觉得颇是寂寥，令我无端的怅怅了。不料她们却仍在秦淮河里挣扎着，不料她们竟会纠缠到我们，我于是很张皇了，她们也乘着“七板子”，她们总是坐在舱前的。舱前点着石油汽灯，光亮炫人眼目：坐在下面的，自然是纤毫毕见了——引诱客人们的力量，也便在此了。舱里躲着乐工等人，映着汽灯的余晖蠕动着；他们是永远不被注意的。每船的歌妓大约都是二人；天色一黑，她们的船就在大中桥外往来不息地兜生意。无论行着的船，泊着的船，都要来兜揽的。这都是我后来推想出来的。那晚不知怎样，忽然轮着我们的船了。我们的船好好地停着，一只歌舫划向我们来了；渐渐和我们的船并着了。烁烁的灯光逼得我们皱起了眉头；我们的风尘色全给它托出来了，这使我踧踖不安了。那时一个伙计跨过船来，拿着摊开的歌折，就近塞向我的手里，说：“点几出吧！”他跨过来的时候，我们船上似乎有许多眼光跟着。同时相近的别的船上也似乎有许多眼睛炯炯地向我们船上看着。我真窘了！我也装出大方的样子，向歌妓们瞥了一眼，但究竟是不成的！我勉强将那歌折翻了一翻，却不曾看清了几个字，便赶紧递还那伙计，一面不好意思地说：“不要。我们……不要。”他便塞给平伯，平伯掉转头去，摇手说：“不要！”那人还腻着不走。平伯又回过脸来，摇着头道，“不要！”于是那人重到我处，我窘着再拒绝了他。他这才有所不屑似的走了。我的心立刻放下，如释了重负一般。我们就开始自由了。

我说我受了道德律的压迫，拒绝了她们，心里似乎很抱歉的。这所谓抱歉，一面对于她们，一面对于我自己。她们于我们虽然没有很奢的希望，但总有些希望的，我们拒绝了她们，无论理由如何充足，却使她们的希望受了伤，这总有几分不做美了。这使我觉得很怅怅的。至于我自己，更有一种不足之感。我这时被四面的歌声诱惑了，降伏了；但是远远的，远远的歌声总仿佛隔着重衣搔痒似的，越搔越搔不着痒处。我于是憧憬着贴耳的妙音了。在歌舫划来时，我的憧憬，变为盼望；我固执地盼望着，有如饥渴。虽然从浅薄的经验里，也能够推知，那贴耳的歌声，将剥去了一切的美妙；但一个平常的人像我的，谁愿凭了理性之力去丑化未来呢？我宁愿自己骗着了。不过我的社会感性是很敏锐的；我的思力能拆穿道德律的西洋镜，而我的感情却始终被它压服着。我于是有所顾忌了，尤其是在众目昭彰的时候。道德律的力，本来是民众赋予的；在民众的面前，自然更显出它的威严了。我这时一面盼望，一面却感到了两重的禁制：一，在通俗的意义上，接近妓者总算一种不正当的行为；二，妓是一种不健全的职业，我们对于她们，应有哀矜勿喜之心，不应赏玩地去听她们的歌。在众目睽睽之下，这两种思想在我心里最为旺盛。它们暂时压倒了我的听歌的盼望，这便成就了我的灰色的拒绝。那时的心实在异常状态中，觉得颇是昏乱。歌舫去了，暂时宁静之后，我的思绪又如潮涌了。两个相反的意思在我心头往复：卖歌和卖淫不同，听歌和狎妓不同，又干道德甚事？——但是，但是，她们既被逼地以歌为业，她们的歌必无艺术味的；况她们的身世，我们究竟该同情的。所以拒绝倒也是正办。但这些意思终于不曾撇开我的听歌的盼望。它力量异常坚强；它总想将别的思绪踏在脚下。从这重重的争斗里，我感到了浓厚的不足之感。这不足之感使我的心盘旋不安，起坐都不安宁了。唉！我承认我是一个自私的人！平伯呢，却与我不同。他引周启明先生的诗，

“因为我有妻子，所以我爱一切的女人；因为我有子女，所以我爱一切的孩子。”他的意思可以见了。他因为推及的同情，爱着那些歌妓，并且尊重着她们，所以拒绝了她们。在这种情形下，他自然以为听是对于她们的一种侮辱。但他也是想听歌的，虽然不和我一样。所以在他的心中，当然也有一番小小的争斗；争斗的结果，是同情胜了。至于道德律，在他是没有什么的，因为他很有蔑视一切的倾向，民众的力量在他是不大觉着的。这时他的心意的活动比较简单，又比较松弱，故事后还怡然自若；我却不能了。这里平伯又比我高了。

在我们谈话中间，又来了两只歌舫。伙计照前一样的请我们点戏，我们照前一样的拒绝了。我受了三次窘，心里的不安更甚了。清艳的夜景也为之减色。船夫大约因为要赶第二趟生意，催着我们回去；我们无可无不可地答应了。我们渐渐和那些晕黄的灯光远了，只有些月色冷清清地随着我们的归舟。我们的船竟没个伴儿，秦淮河的夜正长哩！到大中桥近处，才遇着一只来船。这是一只载妓的板船，黑漆漆的没有一点光。船头上坐着一个妓女，暗里看出，白地小花的衫子，黑的下衣。她手里拉着胡琴，口里唱着青衫的调子。她唱得响亮而圆转；当她的船箭一般驶过去时，余音还袅袅地在我们耳际，使我们倾听而向往。想不到在弩末的游踪里，还能领略到这样的清歌！这时船过大中桥了，森森的水影，如黑暗张着巨口，要将我们的船吞了下去。我们回顾那渺渺的黄光，不胜依恋之情；我们感到了寂寞了！这一段地方夜色甚浓，又有两头的灯火招邀着；桥外的灯火不用说了，过了桥另有东关头疏疏的灯火。我们忽然仰头看见依人的素月，不觉深悔归来之早了！走过东关头，有一两只大船湾泊着，又有几只船向我们来着。嚣嚣的一阵歌声人语，仿佛笑我们无伴的孤舟哩。东关头转湾，河上的夜色更浓了；临水的妓楼上，时时从帘缝里射出一线一线的灯光，仿佛黑暗从酣睡里眨了一眨眼。我们默然地对着，静听那汩——汩的桨声，几乎要入睡了，朦胧里却温寻着适才的繁华的余味。我那不安的心在静里愈显活跃了！这时我们都有了不足之感，而我的更其浓厚。我们却又不愿回去，于是只能由懊悔而怅惘了。船里便满载着怅惘了。直到利涉桥下，微微嘈杂的人声，才使我豁然一惊；那光景却又不同。右岸的河房里，都大开了窗户，里面亮着晃晃的电灯，电灯的光射到水上，蜿蜒曲折，闪闪不息，正如跳舞着的仙女的臂膊。我们的船已在她的臂膊里了，如睡在摇篮里一样，倦了的我们便又入梦了。那电灯下的人物，只觉得像蚂蚁一般，更不去萦念。这是最后的梦，可惜的是最短的梦！黑暗重复落在我们面前，我们看见傍岸的空船上一星两星的，枯燥无力又摇摇不定的灯光。我们的梦醒了，我们知道就要上岸了；我们心里充满了幻灭的情思。

作者简介

朱自清（1898—1948），现代著名散文家、诗人、学者。散文名篇有《匆匆》《春》《绿》《背影》《荷塘月色》等。

1923年仲夏之夜，朱自清偕同俞平伯泛游六朝金粉遗址秦淮河，并同以《桨声灯影里的秦淮河》为题作文，各表心迹。正如俄罗斯文学巨匠屠格涅夫所说：“在文学天才身上……自己的声音是重要的。生动的、自己特有的声调，其他任何人喉咙里都发不出的声调是重要的。”朱、俞二人的这一同题散文由于各自创作个性不同而风格迥异，各具特色。对此，阿英在《朱自清小品序》中曾引李素伯颇有见地的一段评论，借比较朱、俞二人同中见异的创作内质来确认朱自清散文的创作追求——“我们觉得同是细腻的描写，俞先生的是细腻而委婉，朱先生的是细腻而深秀；同是缠绵的情致，俞先生的是缠绵里满蕴着温煦浓郁的氛围，朱先生的是缠绵里多含有眷恋悱恻的气息。如用作者自己的话来概括，则俞先生的是‘朦胧之中似乎胎孕着一个如花的笑’，而朱先生的是‘仿佛远处高楼上渺茫的歌声似的’”。

朱自清的《桨声灯影里的秦淮河》写于1923年10月11日，原载于1924年1月25日《东方杂志》21卷第2号。在这篇散文里，作者无论是追索、描摹虚幻的美景，还是抒写充溢心中的“充满了幻灭的情思”，“桨声灯影里的秦淮河”都被涂抹上了一层浓重的个性色彩和自我情调，正如王国维所说的“有我之境”“物皆着我之色彩”。这里的“我之色彩”是一种难以言说又令人迷醉的风致，即所谓“惆怅”。用作家自己的话说：“一例是甜蜜蜜而又酸溜溜的。这便合了我别一种滋味，就是所谓惆怅。”在散文前半部分的描“声”绘“影”中，作者并非忘却自我而完全沉醉其中，而是有意无意始终与眼前景致保持一定距离，处于追求梦境与返回现实的交错情境之中，其情绪基调委婉纤丽又夹杂着淡淡愁绪与丝丝惆怅。如写到夜幕垂下，大小船只都点起了灯火时，河面上泛起“一片朦胧的烟霭”，水波里“逗起缕缕的明漪”，作者置身其中，“听着那悠然的间歇的桨声”，情不自禁发出“谁能不被引入他的美梦去”的感叹。然而，还未来得及进一步绘景抒情，愁思即超过陶醉袭上心头，“只愁梦太多了，这些大小船儿如何载得起呀？”看似不和谐之音实则最好地表达了作者敏感微妙的复杂心绪。作者笔下的河水都是冷色调的，如“碧阴阴的”“冷冷的绿着”“尽是这样静静的，冷冷的绿着”“黯淡的水光，像梦一般”，这些迷离、清灵、幽冷的修饰，始终无法叫人痛快地畅朗，其中隐隐传达出作者主观执着与拘谨并存的矛盾情思。

作品后一部分写拒绝歌妓卖唱的情景，是行文的重点所在，也是集中突出体现作者既寻求身心畅达又难以彻底超脱的内心冲突之所在。作者先是被四面隐约传来的“歌声诱惑了”，然而当歌妓的船驶过来时，他又红着脸作了灰色的拒绝。按照传统道德和社会价值判断，做妓女是一种不正当的职业，对她们应哀矜而勿喜，更不应赏玩她们的歌，本我感官的享受被超我的道德所降皈。可是拒绝之后，心里觉得“很怅怅的”，“更有一种不足之感”，这时的作者便又“憧憬着贴耳的妙音”了。歌舫来时，他“固执地盼望着，有如饥渴”；歌舫去时，“思绪又如潮涌”，怅然若失，心中甜甜酸酸地放不下。最后在弩末的游踪里，当那圆转的歌声再次袅袅传来时，作者无法消受的懊恼又增长了，船里便载满了怅惘。作者抒写自己对歌妓心欲近而身又拒的情致，反反复复，层层叠叠，极其缠绵悱恻。而在俞平伯的散文中，则是旷达通脱，听之任之，尽兴而归，获得“圆足的醉，圆足的意，圆足的颓弛”，完全没有朱自清这种甜酸的惆怅。

本文是一篇漂亮缜密、清新秀丽的现代散文，曾被誉为“美文”典范。朱自清精通古典文学，也深谙传统艺术技法。清人刘熙载在《艺概》中总结散文的艺术文眼为“揭全文之旨，或在篇首，或在篇中，或在篇末，在篇首则后必顾之，在篇末则前必注之，在篇中则前注之，后顾之”。本文篇首设文眼“桨声汩——汩，我们开始领略那晃荡着蔷薇色的历史的秦淮河的滋味了”，意在追怀历史艳迹，寻求美妙梦境，逃遁现实骚扰。篇末则写到“我们默然地对着，静听那汩——汩的桨声，几乎要入睡了；朦胧里却温寻着适才的繁华的余味”，这里的桨声带上了未尽兴的失落，与文首互映互照。以“汩——汩”桨声作文眼，既使文章首尾相照应、相对比，又富于个性地呈现了作者本人的情感流变，起到卒章显志的妙用。

（李梦遥）

大明湖之春

老舍

北方的春本来就不长，还往往被狂风给七手八脚地刮了走。济南的桃李丁香与海棠什么的，差不多年年被黄风吹得一干二净，地暗天昏，落花与黄沙卷在一处，再睁眼时，春已过去了！记得有一回，正是丁香乍开的时候，也就是下午两三点钟吧，屋中就非点灯不可了；风是一阵比一阵大，天色由灰而黄而深黄，而黑黄，而漆黑，黑得可怕。第二天去看院中的两株紫丁香，花已像煮过一回，嫩叶几乎全破了！济南的秋冬，风倒很少，大概都留在春天刮呢。

有这样的风在这儿等着，济南简直可以说没有春天，那么，大明湖之春更无从说起。

济南的三大名胜，名字都起得好：千佛山，趵突泉，大明湖，都多么响亮好听！一听到“大明湖”这三个字，便联想到春光明媚和湖光山色等等，而心中浮现出一幅美景来。事实上，可是，它既不大，又不明，也不湖。

湖中现在已不是一片清水，而是用坝划开的多少块“地”。“地”外留着几条沟，游艇沿沟而行，即是逛湖。水田不需要多么深的水，所以水黑而不清；也不要急流，所以水定而无波。

东一块莲，西一块蒲，土坝挡住了水，蒲苇又遮住了莲，一望无景，只见高高低低的“庄稼”。艇行沟内，如穿高粱地然，热气腾腾，碰巧了还臭气粗粗。夏天总算还好，假若水不太臭，多少总能闻到一些荷香，而且必能看到些绿叶儿。春天，则下有黑汤、旁有破烂的土坝；风又那么野，绿柳新蒲东倒西歪，恰似挣命。所以，它既不大，又不明，也不湖。

话虽如此，这个湖到底得算个名胜。湖之不大与不明，都因为湖已不湖。假若能把“地”都收回，拆开土坝，挖深了湖身，它当然可以马上既大且明起来：湖面原本不小，而济南又有的是清凉的泉水呀。这个，也许一时做不到。不过，即使做不到这一步，就现状而言，它还应当算作名胜。北方的城市，要找有这么一片水的，真是好不容易了。千佛山满可以不算数儿，配作个名胜与否简直没多大关系，因为山在北方不是什么难找的东西呀。水，可太难找了。济南城内据说有七十二泉，城外有河，可是还非有个湖不可。泉，池，河，湖，四者具备，这才显出济南的特色与可贵。它是北方惟一的“水城”，这个湖是少不得的。设若我们游湖时，只见沟而不见湖，请到高处去看看吧，比如在千佛山上往北眺望，则见城北灰绿的一片——大明湖；城外，华鹊二山夹着弯弯的一道灰亮光儿——黄河。这才明白了济南的不凡，不但有水，而且是这样多呀。

况且，湖景若无可观，湖中的出产可是很名贵呀。懂得什么叫作美的人或者不如懂得什么好吃的人多吧，游过苏州的往往只记得此地的点心。逛过西湖的提起来便念道那里的龙井茶，藕粉与莼菜什么的，吃到肚子里的也许比一过眼的美景更容易记住，那么大明湖的蒲菜，茭白，白花藕，还真许是它驰名天下的重要原因呢。不论怎么说吧，这些东西既都是水产，多少总带着些南国风味；在夏天，青菜挑子上带着一束束的大白莲花骨葖出卖，在北方大概只有济南能这么“阔气”。

我写过一本小说——《大明湖》——在“一·二八”与商务印书馆

一同被火烧掉了。记得我描写过一段大明湖的秋景，词句全想不起来了，只记得是什么什么秋。桑子中先生给我画过一张油画，也画的是大明湖之秋，现在还在我的屋中挂着。我写的，他画的，都是大明湖，而且都是大明湖之秋，这里大概有点意思。对了，只是在秋天，大明湖才有些美呀。济南的四季，惟有秋天最好，晴暖无风，处处明朗。这时候，请到城墙上走走，俯视秋湖，败柳残荷，水平如镜；惟其是秋色。所以连那些残破的土坝也似乎正与一切景物配合：土坝上偶尔有一两截断藕，或一些黄叶的野蔓，配着三五枝芦花，确是有些画意。“庄稼”已都收了，湖显着大了许多，大了当然也就显着明。不仅是湖宽水净，显着明美，抬头向南看，半黄的千佛山就在面前，开元寺那边的“橛子”——大概是个塔吧——静静地立在山头上。往北看，城外的河水很清，菜畦中还生着短短的绿叶。往南往北，往东往西，看吧，处处空阔明朗，有山有湖，有城有河，到这时候，我们真得到个“明”字了。桑先生那张画便是在北城墙上画的，湖边只有几株秋柳，湖中只有一只游艇，水作灰蓝色，柳叶儿半黄。湖外，他画上了千佛山；湖光山色，连成一幅秋图，明朗，素净，柳梢上似乎吹着点不大能觉出来的微风。

对不起，题目是大明湖之春，我却说了大明湖之秋，可谁教亢德先生出错了题呢！

作者简介

老舍（1899—1966），现代著名小说家、文学家、戏剧家。著有《骆驼祥子》《四世同堂》《赵子曰》《老张的哲学》《离婚》等长篇小说，《茶馆》《龙须沟》等话剧，多篇文章被选入课本，如《我的母亲》《济南的冬天》《想北平》《猫》等。

老舍先生的创作，唯其一个“真”字便足以深深地打动人们的心灵。

从《大明湖之春》里，我们读到的似乎并不如我们看到题目后便自然联想到的——是赞美大明湖优美的自然风光的散文。相反，作者手下描绘的却是“既不大，又不明，也不湖”的甚至是丑的大明湖的“春景”。这似乎不太合情，但却是极为合理的。老舍先生太熟悉太了解济南了，它的美已经内化在作者的心中，融入了他的日常生活当中。“距离产生美”，正如作者所写“设若我们游湖时，只见沟而不见湖，请到高处去看看吧，比如在千佛山上向北眺望……这才明白了济南的不凡……”没有了审美距离发现的是美之下的“真”，在济南生活过的人都会深切地感受到作者无论对北方之春还是春之大明湖的描写是多么真。尽管“真”有时给人的是一种失望和感伤，但这种“真”却使读者的心随着行文同作者一起波动。

或许“大明湖之春”在作者心中并不仅仅是春天才能表现出来的，它的“春”意已融入作者的一年四季和生活起居。因而，作者似乎节外生枝地描写了与大明湖之春无关的“美”：大明湖水产和特产的美，秋天风景的美，画大明湖之秋的图画美。这“三美”显示出了大明湖的特色和可贵，也给读者心中带来明朗和淡淡的“春”意。“现在还在我的屋中挂着”的“大明湖之秋”图也时时都会在作者心中散发出悠远的美感和“春”意吧！

老舍先生是极为崇尚自然美的，这在行文中有着深刻的体现。他喜欢自然界的空阔明朗，不喜欢人工的雕饰。用坝划开的“地”，“地”里种的“庄稼”及“地”外留着的几条沟，使大明湖水黑而不清且一望无景。正是这种人为的加工使得大明湖丧失了原有的明美。“假若能把‘地’都收回，拆开土坝，挖深了湖身，它当然可以马上既大且明起来。”去除人工雕琢的痕迹，恢复自然，才能返璞归真，契合作者自然恬淡的内心和自然美的审美理想。然而作者也知道这“一时做不到”，即使大明湖“已不湖”，但从“北方的城市，要找有这么一片水的，真是好不容易了”。因而作者只有在“庄稼”都收了的“败柳残荷”的秋湖和有着湖光山色、素净明朗的秋景图中寻觅其自然美的审美理想之所在了。

老舍先生是位语言大师。他的语言幽默风趣、平实自然，在这篇散文中时有体现。在对“无从说起”的大明湖之春的叙说里，仍然含着浓浓的诗意：说北方风大，春天“往往被狂风给七手八脚地刮了走”，“花已像煮过一回”；说大明湖名不副实，写道“它既不大，又不明，也不湖”，以及文中对湖的描写，都很有趣。作者借这种幽默风趣的语言，拉开了我们与实物的距离，将现实的“丑”淡化，以丑化美，用诗意弥补了对大明湖之春的“失意”，也灌注了艺术美的生气。

（张　莹）

说几句爱海的孩气的话

冰心

白发的老医生对我说："可喜你已大好了。城市与你不宜，今夏海滨之行，也是取消了为妙。"

这句话如同平地起了一个焦雷！

学问未必都在书本上。纽约，康桥，芝加哥这些人烟稠密的地方，终身不去也没有什么。只是说不许我到海边去，这却太使我伤心了。

我抬头张目地说："不，你没有阻止我到海边去的意思！"

他笑说："是的，我不愿意你到海边去，太潮湿了，于你新愈的身体没有好处。"

我们争执了半点钟，至终他说："那么你去一个礼拜罢！"他又笑说："其实秋后的湖上，也够你玩的了！"

我爱慰冰，无非也是海的关系。若完全的叫湖光代替了海色，我似乎不大甘心。

可怜，沙穰的六个多月，除了小小的流泉外，连慰冰都看不见！山也是可爱的，但和海比，的确比不起，我有我的理由！

人常常说"海阔天空"。只有在海上的时候，才觉得天空阔远到了尽量处。在山上的时候，走到岩壁中间，有时只见一线天光。即或是到了山顶，而因着天末是山，天与地的界线便起伏不平，不如水平线的齐整。

海是蓝色灰色的。山是黄色绿色的。拿颜色来比，山也比海不过。蓝色灰色含着庄严淡远的意味，黄色绿色却未免浅显小方一些。固然我们常以黄色为至尊，皇帝的龙袍是黄色的，但皇帝称为“天子”，天比皇帝还尊贵，而天却是蓝色的。

海是动的，山是静的。海是活泼的，山是呆板的。昼长人静的时候，天气又热，凝神望着青山，一片黑郁郁的连绵不动，如同病牛一般。而海呢，你看她没有一刻静止！从天边微波粼粼的直卷到岸边，触到崖石，更欣然地溅跃了起来，开了灿然万朵的银花！

四围是大海，与四围是乱山，两者相较，是如何滋味，看古诗便可知道。比如说海上山上看月出，古诗说：“南山寒天地，日月石上生。”细细咀嚼，这两句形容乱山，形容得极好，而光景何等臃肿，崎岖，僵冷？读了不使人生快感。而“海上生明月，天涯共此时”也是月出，光景却何等妩媚，遥远，璀璨！

原也是的，海上没有红，白，紫，黄的野花，没有蓝雀，红襟等美丽的小鸟。然而野花到秋冬之间，便都萎谢，反予人以凋落的凄凉。海上的朝霞晚霞，天上水里反映到不止红白紫黄这几个颜色。这一片花，却是四时不断的。说到飞鸟，蓝雀，红襟自然也可爱。而海上的沙鸥，白胸翠羽，轻盈地飘浮在浪花之上，“凌波微步，罗袜生尘”，看见蓝雀，红襟，只使我联忆到“山禽自唤名”。而见海鸥，却使我联忆到千古颂赞美人，颂赞到绝顶的句子，是“婉若游龙，翩若惊鸿”！

在海上又使人有透视的能力，这句话天然是真的！你倚栏俯视，你不由自主地要想起这万顷碧琉璃之下，有什么明珠，什么珊瑚，什么龙女，什么鲛纱。在山上呢，很少使人想到山石黄泉以下，有什么金银铜铁。因为海水透明，天然的有引人们思想往深里去的趋向。

简直越说越没有完了，总而言之，统而言之，我以为海比山强得多，说句极端的话，假如我犯了天条，赐我自杀，我也愿投海，不愿坠崖。

争论真有意思！我对于山和海的品评，小朋友们愈和我辩驳愈好。“人心之不同，各如其面”，这样世界上才有个不同的变换。假如世界上的人都是一样的脸，我必不愿见人。假如天下的人都是一样的嗜好，穿衣服的颜色式样都是一般的，则世界成了一个大学校，男女老幼都穿一样的制服，想至此不但好笑，而且无味！再一说，如大家都爱海呢，大家都搬到海上去，我又不得清静了！

作者简介

冰心（1900—1999），现代著名诗人、作家、翻译家、儿童文学家。代表作有《繁星》《春水》《寄小读者》《再寄小读者》《小桔灯》等，散文集有《樱花赞》《拾穗小札》《往事》《南归》等。

冰心的散文是美文，美在它的清新隽丽、空灵澄澈、自然飘逸。

这篇散文如行云流水，说着作者心中想说的话，娓娓而谈，处处显示出轻快流转、自然清丽的美感，是作者性情的自然流露。对自然中大海的深深挚爱之情与“孩气”的话语调子相依相承，如月光下潺潺的流水拨动着读者的心弦，让人顿生亲切、愉悦之感。

“说几句爱海的孩气的话”，题目本身就蕴含了无限的情趣意蕴，“说几句”话的朴实平易，“孩气”的清新纯稚，拉近了作者与读者的距离，激发了读者阅读的兴致。

散文以白发老医生对我的建议与我们之间的争执起笔，“不许我到海边去，这却太使我伤心了”从而引出大海在我心目中不可替代的位置，倾诉着我对海的深挚的情感。既而，文随情生，“我”神往的海是魅力无穷的。为体现海的无穷魅力，作者将大自然中另一种蕴藏无穷美的山与之相对比，将爱海的原因逐一铺陈开来，一贬一褒，将作者对海“偏执”的爱惟妙惟肖地表现出来。山的雄浑壮美、缤纷烂漫、飞鸟逐乐也是美的，而作者却硬要把它拿来与海对比并排出高下也真是“孩气的话”。这里作者自我性情的流露不矫饰造作，如同童稚般的臆断与挚爱，恰到好处。

“争论真有意思”一句话，将作者对海的偏执的爱拉回到现实中。“人心之不同，各如其面”，正是有了各自不同的喜好与追求，人们才成就了自己，区别于他人。人本属性情之物，倘若举手投足、脾性嗜好皆有相似，那么世界也就失去了多样性、复杂性，也就平淡无味了。正所谓仁者见仁，智者见智，有“爱海的孩气的话”，自然容许“爱山的孩气的话”的存在！

散文中对于山和海的对比极为精妙，在一贬一褒中，将作者眼中、心中的海描绘得美妙动人、灵性十足；与此同时，作为对立面的山的特色也显现无遗。“海阔天空”与岩壁间的一丝天光，天与地界线的起伏不定与海天相接的水平齐整，海的动与山的静，海的活泼与山的呆板，日出海上的妩媚、遥远、璀璨与日出山上的臃肿、崎岖、僵冷，海鸥的翩若惊鸿与山鸟的“自唤名”……这所有的对比，从视野、色彩、状态、给人的遐想等方面展开，抓住了山与海各自的特征，描述得有声有色，也给山与海涂抹上了作者鲜明的情感色彩，牵引着读者的思绪向海靠拢，与山渐行渐远。这些“孩气”的话，真真是无拘无束、自由不羁的，也只有“孩气”方能传达作者如此的一种深深的挚情，情有所钟，情有独钟！

作者有意识地用“孩气”二字为散文立意，摆脱了“造”文的嫌疑，通过描写自我的认识与感受，将“孩气”的话转换为一种平实自然、饶有风趣的散文美，足见作者技高一筹！

（刘新英）

常德的船

沈从文

常德就是武陵，陶潜的《续搜神记》上《桃花源记》说的渔人老家，应当摆在这个地方。德山在对河下游，离城市二十余里，可说是当地惟一的山。汽车也许停德山站，也许停县城对河另一站。汽车不必过河，车上人却不妨过河，看看这个城市的一切。地理书上告给人说这里是湘西一个大码头，是交换出口货与入口货的地方。桐油、木料、牛皮、猪肠子和猪鬃毛、烟草和水银、五棓子和鸦片烟，由川东、黔东、湘西各地用各色各样的船只，装载到来，这些东西是全得由这里转口，再运往长沙、武汉的。子盐、花纱、布匹、洋货、煤油、药品、面粉、白糖，以及各种轻工业日用消耗品和必需品，又由下江轮驳运到，也得从这里改装，再用那些大小不一的船只，分别运往沅水各支流上游大小码头去卸货的。市上多的是各种庄号。各种庄号上的坐庄人，便在这种情形下成天如一个磨盘，一种机械，为职务来回忙。邮政局的包裹处，这种人进出最多。长途电话的营业处，这种坐庄人是最大主顾。酒席馆和妓女的生意，靠这种坐庄人来维持。

除了这种繁荣市面的商人，此外便是一些寄生于湖田的小地主，作过知县的小绅士，各县来的男女中学生，以及外省来的参加这个市面繁荣的掌柜、伙计、乌龟、王八。全市人口过十万，街道延长近十里，一个过路人到了这个城市中时，便会明白这个湘西的咽喉，真如所传闻，地方并不小。可是却想不到这咽喉除吐纳货物和原料以外，还有些什么东西。作这种吐纳工作，责任大，工作忙，性质杂，又是些什么人。假若一旦没有了他们，这城市会不会忽然成为河边一个废墟？这种人照例触目可见，水上城里无一不可以碰头，却又最容易为旅行者所疏忽。我想说的是真正在控制这个咽喉支配沅水流域的几万船户。

这个码头真正值得注意令人惊奇处，实在也无过于船户和他所操纵的水上工具了。要认识湘西，不能不对他们先有一种认识。要欣赏湘西地方民族特殊性，船户是最有价值材料之一种。

一个旅行者理想中的武陵，渔船应当极多。到了这里一看，才知道水面各处是船只，可是却很不容易发现一只渔船。长河两岸浮泊的大小船只，外行人一眼看去，只觉得大同小异。事实上形制复杂不一，各有个性，代表了各个地方的个性。让我们从这方面来多知道一点点，对于我们也许有些便利处。

船只最触目的三桅大方头船，这是个外来客，由长江越湖来的，运盐是它主要的职务，它大多数只到此为止，不会向沅水上游走去。普通人叫它做“盐船”，名实相符。船家叫它做“大鳅鱼头”《金佗稡编》上载岳飞在洞庭湖水擒杨幺故事，这名字就见于记载了，名字虽俗，来源却很古。这种船只大多数是用乌油漆的，所以颜色多是黑的。这种船按季候行驶，因为要大水大风方能行动。杜甫诗上描绘的“洋洋万斛船，影若扬白虹”，也许指的就是这种水上东西。

比这种盐船略小，有两桅或单桅，船身异常秀气，头尾忽然收敛，令人入目起尖锐印象，全身是黑的，名叫“乌江子”。它的特长是不怕风浪，运粮食越湖。它是洞庭湖上的竞走选手。形体结构上的特点是桅高、帆大、深舱、锐头。盖舱篷比船身小，因为船舷外还有护舱板。弄船人同船只本身一样，一看很干净秀气斯文。行船既靠风，上下行都使帆，所以帆多整齐，船上用的水手不多，仅有的水手会拉篷、摇橹、撑篙，不会荡桨，——这种船上便不常用桨。放空船时妇女还可代劳掌舵。这种船间或也沿河上溯，数目极少，船身材料薄，似不宜于冒险。这种船在沅水流域也算是外来客。

在沅水流域行驶，表现得富丽堂皇，气象不凡，可称为巨无霸的船只，应当数“洪江油船”。这种船多方头高尾，颜色鲜明，间或且有一点金漆装饰。尾梢有舵楼，可以安置家眷。大船下行可载三四千桶桐油，上行可载两千件棉花，或一票食盐。用橹手二十六人到四十人，用纤手三十人到六七十人。必待春水发后方上下行驶，路线系往返常德和洪江。每年水大至多上下三五回，其余大多时节都在休息中，成排结队停泊河面，俨然是河上的主人。船主照例是麻阳人，且照例姓滕，善交际，礼数清楚。常与商号中人拜把子，攀亲家。行船时站在船后檀木舵把边，神气庄严中带点从容不迫神气，口中含了短烟管，一面看水，一面吸烟。遇有身份的客人搭船，喝了一杯酒后，便向客人一五一十叙述这只油船的历史，载过多少有势力的军人、阔佬，或名驰沅水流域的妓女。换言之，就是这只船与当地历史发生多少关系！这种船只上的一切东西，无一不巨大坚实。船主的装束在船上时看不出什么特别处，上岸时却穿长袍（下脚过膝三四寸），罩青羽绫马褂，戴呢帽或小缎帽，佩小牛皮抱肚，用粗大银链系定，内中塞满了银元。穿生牛皮靴子，走路时踏得很重。个子高高的，瘦瘦的。有一只大手，手上满是黄毛和青筋。会喝酒、打牌，且豪爽大方。水手多强壮勇敢，眉目精悍，善唱歌、泅水、打架、骂野话。下水时如一尾鱼，上岸接近妇人时像一只小公猪。白天弄船，晚上玩牌，同样做得极有兴致。船上人虽多，却各有所事，从不紊乱。舱面永远整洁如新。拔锚开头时，必擂鼓敲锣，燃放千子头鞭炮，表示人神和乐，共同帮忙，一路福星。在行船仪式中与歌声中，使人想起两千年前《楚辞》发生的原因，现在还好好的保留下来，今古如一。

比洪江油船小些，形式仿佛也较笨拙些（一般船只用木板作成，这种船竟像用木柱作成），平头大尾，一望而知船身十分坚实，有斗拳师的神气，名叫“白河船”。白河即酉水的别名。这种船只即行驶于沅水由常德到沅陵一段，酉水由沅陵到保靖一段。酉水滩流极险，船只必经得起磕撞。船只必载重方能压浪，因此尾部如臀，大而圆。下行时船头缚大木桡两把，木桡的用处是船只下滩，转头时比舵切于实际。照水上人俗谚说“三桨不如一篙，三橹不如一桡”。桡读作招。酉水浅而急，不常用橹，篙桨用处多，因此篙多特别长大，桨较粗硕，肥而短。船篷用棕子叶编成，不涂油。船主多永顺保靖人，姓向、姓王、姓彭占多数。酉水滩流多，为应付自然，弄船人所需要的勇敢能耐也较多。行船时常用相互诅骂代替共同唱歌，为的是受自然限制较多，脾气比较坏一点。酉水是传说中古代藏书洞穴所在地，多的是高大宏敞充满神秘的洞穴。由沅陵起到酉阳止，沿酉水流域的每个县份总有几个洞穴。可是如沅陵的大酉洞、保靖的狮子洞、酉阳的龙洞，这些洞穴纵有书籍也早已腐烂了。到如今这条河流最多的书应当是历书，每一条船上照例都有一本皇历，船家禁忌多，历书是他们行动的宝贝。酉水流域每个县份的船只在形式上又各不相同，不过这些小船不出白河，在常德能看到的白河油船，形体差不多全是一样。

沅水中部的辰溪县，出白石灰和黑煤，运载这两种东西的本地船只叫作“辰溪船”，又名“广舶子”。它的特点和上述两种船只比较起来，显得材料脆薄而缺少个性。船身多是浅黑色，形状如土布机上的梭子，款式都不怎么高明。下行多满载这些不值钱的货物，上行因无回头货便时常放空。船身脏，所运货物又少时间性，满载下驶，危险性多，搭客不欢迎，因之弄船人对于清洁时间就不甚关心。这种船上的席篷照例是不大完整的，布帆是破破碎碎的，给人印象如一个破落户。弄船人因闲而懒，精神是显得萎靡不振的。

洞河（即泸溪）发源于乾城苗乡大小龙洞，和凤凰苗乡乌巢河。两条小河在乾城县的所里市相汇。向东流，到泸溪县，方和沅水同流。在这条河里的船就叫“洞河船”。河源由苗乡梨林地方两个洞穴中流出，河床是乱石底子，所以水特别清，特别猛。船身必须从撞磕中挣扎，河身既小，船身也较轻巧。船舷低而平，船头窄窄的。在这种船上水手中，我们可以发现苗人。不过见着他时我们不会对他有何惊奇，他也不会对我们有何惊奇。这种人一切和别的水上人都差不多，所不同处，不过是他那点老实、忠厚、纯朴、戆直性情——原人的性情，因为住在山中，比城市人保存得多点罢了。乾城人极聪明文雅，小手小脚小身材，唱山歌时嗓子非常好听，到码头边时可特别沉默安静。船只太小了，不常有机会到这大码头边靠船。这种船停泊在河面时似乎很羞怯，正如水手们上街时一样羞怯。

乾城用所里作本县吐纳货物的水码头。地方虽不大，小小石头城却很整齐干净，且出了几个近三十年来历史上有名姓的人物。段祺瑞时代的陆军总长傅良佐将军，是生长在这个小县城里的。东北军宿将，国内当前军人中称战术权威的杨安铭将军，也是这地方人。

在河上显得极活动，极有生气而且数量极多的，是普通的中型“麻阳船”。这种船头尾高举，秀拔而灵便。这种船只的出处是麻阳河（即辰溪）。每只船上都可见到妇人孩子童养媳，弄船人一面担负商人委托的事务，一面还担负上帝派定的工作。两方面都异常称职。沅水流域的转运事业，大多数由这地方人支配，人口繁荣的结果，且因此在常德城外多了一条麻阳街。“一切成功都必须争斗”，这原则也可用作麻阳街的说明。据传说，这条街是个姓滕的水手双拳打出来的。我们若有兴趣特意到那条街上走走，可知道开小铺子的，做理发店生意的，卖船上家伙的，经营皮肉生涯的，全是麻阳人，我们就会明白原来参加这种争斗，每人都有一份。麻阳人的精力绝伦处，或者与地方出产有点关系。麻阳出各种橘子，糯米亦极好，作甜酒特别相宜。人口加多，船只也越来越多，因此沅水水面的世界，一大半是麻阳人的。大凡船只停靠处，都有叫乡亲的麻阳人，乡亲所得的便利极多，平常外乡人，坐船时于是都叫麻阳人作“乡亲”。乡亲的特点是面目精悍而性情快乐，作水手的都能吃、能做、能喝、能打架。船主上岸时必装扮成为一个小乡绅，如驾洪江油船的大老板一样穿袍穿褂，着生牛皮盘云靴子，载有皮封耳的毡帽或博士帽，戴分量沉重的金戒指，皮包肚里装上洋钱，短烟管上悬个老虎爪子，一端还镶包银皮。见人就请教仙乡何处，贵府贵姓。本人大多数姓滕，名字代富宜贵。对三十年来的本省政治，比起任何地方船主都熟悉，都关心。欢喜讲礼教，臧否人物，且善于称引经典格言和当地俗谚。恭维客人时必从恭维上增多一点收入，被客人恭维时便称客人为“知己”，笑嘻嘻的请客人喝酒。妇女在船上不特对于行船毫无妨碍，且常常是一个好帮手。妇女多壮实能干，大脚大手，善于生男育女。

麻阳人中另外还有一双值得称赞的手，在湘西近百年实无匹敌，是塑像师张秋潭那一双手。

在常德水码头船只极小，飘浮水面如一匹叶子，数量之多如淡干鱼，是专载客人用的“桃源划子”。木商与烟贩，上下办货的庄客，过路的公务员，同是这种小船的主顾。船身既轻小，上下行的速度较之其他船只快过一倍，下滩时可从边上小急流走，决不会出事。在平潭中且可日夜赶程，不会受关卡留难。因此在有公路以前，这种小小船只实为沅水流域交通利器。弄船人工作不需如何紧张，收入却较多。装载客人且多阔佬，同时桃源县人的性格又特别随和（沅水一到桃源后就变成一片平潭，再无恶滩急流，自然影响到水上人性情很大），所以弄船人脾气就马虎得多。很多是瘾士，白天弄船晚上便靠灯。有些家中人说不定还留在县里经营一种不必要本钱的职业，分工合作，都不闲散。且能作客人向导，带访桃源洞的客人到所要到的地方去。

在沅水流域上下行驶，停泊到常德码头应当称为“客人”的船只，共有好几种，有从芷江上游黔东玉屏来的，有从麻阳河上游黔东铜仁来的，有从白河上游川东龙潭来的。玉屏船多就洪江转口，下行不多。龙潭船多从沅陵换货，下行不多。“铜仁船”装油碱下行的，有些庄号在常德，所以常直放常德。船只最引人注意处是颜色黄明照眼，式样轻巧，如竞赛用船。船头船尾细狭而向上翘举，舱底平浅，材料脆薄，给人视觉上感到灵便与愉快，在形式上可谓秀雅绝伦。弄船人语言清婉，装束素朴。（有些水手还穿齐膝的长衣，裹白头巾，整洁和船身极相称。船小而载重，故下行时船舷必缚茅束挡水。）这种船停泊河中，仿佛极其谦虚，一种做客应有的谦虚。然而比同样大小的船只都整齐，一种做客不能不注意的整齐。

此外常德河面还有一种船只，数量极多，有的时常移动，有的又长久停泊。这些船的形式一律是方头、方尾、无桅、无舵。用木板作舱壁，开小小窗子，木板作顶。有些当作船主的金屋，有些又作逃捕者的窟穴。船上有招纳水手客人的本地土娼，有卖烟和糖食小吃猪蹄子粉面的生意人。此外算命卖卜的，圆光关亡的，无不可以从这种船上发现。船家做寿成亲，也多就方便借这种水上人家举行，因此一遇黄道吉日总是些张灯结彩，响器声，弦索声，大小炮仗声，划拳歌呼声，点缀水面热闹。

常德县城本身也就类乎一只旱船，女作家丁玲，法学家戴修瓒，国学家余嘉锡，是这只旱船上长大的。较上游的河堤比城中高得多，涨水时水就到了城边，决堤时城四围便是水了。常德沿河的长街，街市上大小各种商铺，不下数千家，都与水手有直接关系。杂货店铺专卖船上用件及零用物，可说是它们全为水手而预备的。至如油盐、花纱、牛皮、烟草等等庄号，也可说水手是为它们而有的。此外如茶馆、酒馆、和那经营最素朴职业的户口，水手没有它不成，它没水手更不成。

常德城内一条长街，铺子门面都很高大（与长沙铺子大同小异，近于夸张），木料不值钱，与当地建筑大有关系。地方滨湖，河堤另一面多平田泽地，产鱼虾，莲藕，因此鱼栈莲子栈延长了长街数里。多清真教门，因此牛肉特别肥鲜。

常德沿沅水上行九十里，才到桃源县，再上行二十五里，方到桃源洞。千年前武陵渔人如何沿溪走到桃花源，这路线尚无好事的考古家说起。现在想到桃源访古的风雅人，大多数只好坐公共汽车去。到过了桃源，兴趣也许在彼而不在此，留下印象深刻的东西，不是那个传说的洞穴，倒是另外一些传说所不载的较新洞穴。在桃源县想看到老幼黄发垂髫怡然自乐的光景，并不容易。不过或者因为历史的传统，地方人倒很和气，保存一点古风。也知道欢迎客人，杀鸡作黍，留客住宿。虽然多少得花点钱，数目并不多。可是一个旅行者应当知道，这些人赠送游客的礼物，有时不知不觉太重了点，最好倒是别大意，莫好奇，更不要因为记起宋玉所赋的高唐神女，刘晨阮肇天台所遇的仙女，想从经验中去证实故事。换言之，不妨学个“老江湖”，少生事！这些人并不是为外来游客预备的，木竹牌商人是唯一受欢迎者。好些极大的木竹牌，到桃源后不久就无影无形不见了，照俚话所说，是“进了桃源的洞穴”的。

覃振先生刘铏军长同是桃源县人。桃源县有个省立第二女子师范学校，五四运动谈男女解放平等，最先要求男女同校，且实现它就是这个学校的女学生。

作者简介

沈从文（1902—1988），现代著名作家、历史文物研究家。代表作有小说《边城》《长河》，散文《记丁玲》等。

《常德的船》是沈从文于1944年出版的《湘西》中的一篇，其实记而不杂，所记事实、民情详略得当，文情并茂，描绘出一幅故土水乡的风情画。

沈从文的散文纯净质朴。在他的笔下，故乡湘西的人们仿佛已与自然融合为一体，从容不迫地各尽其生命之理。他的散文善于在朦胧的诗意与情思中勾勒湘西的社会风俗和纷繁复杂的时代与生活。

这篇散文以冷静的旁观者的角度，似介绍又似自语地讲述了常德的各种船的形体和用途，从而展示了当地的风土人情。文中写到富丽堂皇，气象不凡，可称为巨无霸的“洪江油船”。不但船身威严，舱面永远整洁如新，而且船主有一定的身份和地位，不愧为“河上的主人”；而油船“载过多少有势力的军人、阔佬，或名驰沅水流域的妓女”，又使其与当地历史密切相连，成为当地历史的活动纪念碑。再如“洞河船”，船身轻巧，船舷低而平，船头窄窄的，船上是身材亦精致小巧的乾城苗乡人，聪明文雅又沉默安静，宛若小家碧玉。“广舶子”形状则如土布机上的梭子，款式不高明，所载货物亦不值钱，弄船人因闲而懒，一副萎靡不振的样子，颇像个破落户。……其他如“大鳅鱼头”“乌江子”“桃渡划子”等，形态不一，各有特色，彰显出一种文化的整体和谐美。“我想说的是真正在控制这个咽喉支配沅水流域的几万船户”，作者以船写人，不带一句主观评价，却将紧张忙碌、生机勃勃的水上人生徐徐道来，让人禁不住感美和慨叹。正如作家所言，“要欣赏湘西地方民族特殊性，船户是最有价值材料之一种”，这是散文的主要内容。

沈从文是一个真诚的爱国主义者。他以沅水为背景所描绘的风土人情，是对魂牵梦萦的故乡的眷念，也是对祖国文化的热爱。正如沈从文在《湘西·题记》中所提出的“民族兴衰，事在人为”，他是从民族兴衰的角度出发，来阐释自己内心的精神图像及对故乡之美的发现。他说：“我这本小书所写到的各方面现象和各种问题，虽极琐细平凡，在一个有心人看来，说不定还有一点意义，值得深思！”这篇文章蕴含着作者本人的生命体验和价值追问，作者希冀在文化传统中寻找“希腊小庙”，并期望以此唤醒人们的民族意识，这是本文的文化精神底蕴。

古人云：“唯造平淡难。”《常德的船》无疑是一篇成功的典范。作者用淡淡的旁观者的口吻，把了如指掌的故里的各类船只依次罗列，如数家珍，只几笔就勾画出船只的不同特点，下笔游刃有余，一股明丽清澈的光彩在作者素淡细腻的文字底下闪烁，平淡中贮满诗意和灵韵。

此外，文中还提及常德水乡养育的几位名人。虽然作者只是很随意地一笔带过，但地灵人杰，平添人们对常德的仰慕，这是写到极致的好散文惯用的笔法。

（季　臻）

雅舍

梁实秋

到四川来，觉得此地人建造房屋最是经济。火烧过的砖，常常用来做柱子，孤零零的砌起四根砖柱，上面盖上一个木头架子，看上去瘦骨嶙嶙，单薄得可怜；但是顶上铺了瓦，四面编了竹篦墙，墙上敷了泥灰，远远的看过去，没有人能说不像是座房子。我现在住的“雅舍”正是这样一座典型的房子。不消说，这房子有砖柱，有竹南墙，一切特点都应有尽有，讲到住房，我的经验不算少，什么“上支下摘”，“前廊后厦”，“一楼一底”，“三上三下”，“亭子间”，“茆草棚”，“琼楼玉宇”和“摩天大厦”，各式各样，我都尝试过。我不论住在哪里，只要住得稍久，对那房子便发生感情，非不得已我还舍不得搬。这“雅舍”，我初来时仅求其能蔽风雨，并不敢存奢望，现在住了两个多月，我的好感油然而生。虽然我已渐渐感觉它并不能蔽风雨，因为有窗而无玻璃，风来则洞若凉亭，有瓦而空隙不少，雨来则渗如滴漏。纵然不能蔽风雨，“雅舍”还是自有它的个性。有个性就可爱。

“雅舍”的位置在半山腰，下距马路约有七八十层的土阶。前面是阡陌螺旋的稻田。再远望过去是几抹葱翠的远山，旁边有高粱地，有竹林，有水池，有粪坑，后面是荒僻的榛莽未除的土山坡。若说地点荒凉，则月明之夕，或风雨之日，亦常有客到，大抵好友不嫌路远，路远乃见情谊。客来则先爬几十级的土阶，进得屋来仍须上坡，因为屋内地板乃依山势而铺，一面高，一面低，坡度甚大，客来无不惊叹，我则久而安之，每日由书房走到饭厅是上坡，饭后鼓腹而出是下坡，亦不觉有大不便处。

“雅舍”共是六间，我居其二。篦墙不固，门窗不严，故我与邻人彼此均可互通声息。邻人轰饮作乐，咿唔诗章，喁喁细语，以及鼾声，喷嚏声，吮汤声，撕纸声，脱皮鞋声，均随时由门窗户壁的隙处荡漾而来，破我岑寂。入夜则鼠子瞰灯，才一合眼，鼠子便自由行动，或搬核桃在地板上顺坡而下，或吸灯油而推翻烛台，或攀援而上帐顶，或在门框桌脚上磨牙，使得人不得安枕。但是对于鼠子，我很惭愧地承认，我“没有法子”。“没有法子”一语是被外国人常常引用着的，以为这话最足代表中国人的懒惰隐忍的态度。其实我的对付鼠子并不懒惰。窗上糊纸，纸一戳就破；门户关紧，而相鼠有牙，一阵咬便是一个洞洞。试问还有什么法子？洋鬼子住到“雅舍”里，不也是“没有法子”？比鼠子更骚扰的是蚊子。“雅舍”的蚊风之盛，是我前所未见的。“聚蚊成雷”真有其事！每当黄昏时候，满屋里磕头碰脑的全是蚊子，又黑又大，骨骼都像是硬的。在别处蚊子早已肃清的时候，在“雅舍”则格外猖獗，来客偶不留心，则两腿伤处累累隆起如玉蜀黍，但是我仍安之。冬天一到，蚊子自然绝迹，明年夏天——谁知道我还是否住在“雅舍”！

“雅舍”最宜月夜——地势较高，得月较先。看山头吐月，红盘乍涌，一霎间，清光四射，天空皎洁，四野无声，微闻犬吠，坐客无不悄然！舍前有两株梨树，等到月升中天，清光从树间筛洒而下，地上阴影斑斓，此时尤为幽绝。直到兴阑人散，归房就寝，月光仍然逼进窗来，助我凄凉。细雨蒙蒙之际，“雅舍”亦复有趣。推窗展望，俨然米氏章法，若云若雾，一片弥漫。但若大雨滂沱，我就又惶悚不安了，屋顶湿印到处都有，起初如碗大，俄而扩大如盆，继则滴水乃不绝，终乃屋顶灰泥突然崩裂，如奇葩初绽，砉然一声而泥水下注，此刻满室狼藉，抢救无及。此种经验，已数见不鲜。

“雅舍”之陈设，只当得简朴二字，但洒扫拂拭，不使有纤尘。我非显要，故名公巨卿之照片不得入我室；我非牙医，故无博士文凭张挂壁间；我不业理发，故丝织西湖十景以及电影明星之照片亦均不能张我四壁。我有一几一椅一榻，酣睡写读，均已有着，我亦不复他求。但是陈设虽简，我却喜欢翻新布置。西人常常讥笑妇人喜欢变更桌椅位置，以为这是妇人天性喜变之一征。诬否且不论，我是喜欢改变的。中国旧式家庭，陈设千篇一律，正厅上是一条案，前面一张八仙桌，一边一把靠椅，两旁是两把靠椅夹一只茶几。我以为陈设宜求疏落参差之致，最忌排偶。“雅舍”所有，毫无新奇，但一物一事之安排布置俱不从俗。人入我室，即知此是我室。笠翁《闲情偶寄》之所论，正合我意。

“雅舍”非我所有，我仅是房客之一。但思“天地者万物之逆旅”，人生本来如寄，我住“雅舍”一日，“雅舍”即一日为我所有。即使此一日亦不能算是我有，至少此一日“雅舍”所能给予之苦辣酸甜，我实躬受亲尝。刘克庄词：“客里似家家似寄。”我此时此刻卜居“雅舍”，“雅舍”即似我家。其实似家似寄，我亦分辨不清。

长日无俚，写作自遣，随想随写，不拘篇章，冠以“雅舍小品”四字，以示写作所在，且志因缘。

作者简介

梁实秋(1903—1987)，现代著名散文家、学者、文学批评家、翻译家。著有散文集《雅舍小品》《北平年景》等，译有《威尼斯商人》《哈姆雷特》《暴风雨》等。

《雅舍》中所见的是作者抗战期间所卜居的重庆半山腰间“雅舍”的种种情状，抒发的是种种酸甜苦辣的情趣。

“雅舍”是梁实秋在重庆北碚时的居所。关于它，梁实秋有过一个简要的介绍：“因为要在北碚定居，我和业雅（指龚业雅）、景超（指吴景超）便在江苏省立医院斜对面的山坡上合买了一栋新建的房子。六间房，可以分为三个单位，各有房门对外出入，是标准的四川乡下的低级茅舍。窗户要糊纸，墙是竹篾糊泥刷灰，地板颤幽幽的吱吱作响。烽火连天之时有此亦可栖迟……”（《白猫王子及其它·北碚旧游》）。正是在抗战时期的颠沛流离中，正是在风雨飘摇的苦难日子里，梁实秋才与这座“四川乡下的低级茅舍”紧紧地联系在一起。它不但是作者全部物质生活的主要依靠，也是作者整个心灵的主要安慰。

“雅舍”不雅，不但是极简陋的四川土房，而且都不能真正挡风避雨：“风来则洞若凉亭”，“雨来则渗如滴漏”。但作者却说：“纵然不能蔽风雨，‘雅舍’还是自有它的个性。有个性就可爱。”这里的“有个性”不过是指上文中“雅舍”陋劣的“个性”特征。而这就是作者感到它可爱的原因。一个从大城市避居而来的中产阶级知识分子，在这样的环境中住了两个多月后，竟对那房子发生了感情，好感油然而生，从中找到好多乐趣。如第三段，叙述的内容都是居住在雅舍的不便，但整个自然段却写得情趣盎然，全然不见作者愁苦的面容和悲哀的情绪。“篦墙不固，门窗不严”原本是一件极不便当的事情，但他却说“我与邻人彼此均可互通声息”，将缺点说为优点，在淡然一笑中拂去了它在人们心中可能留下的阴影。“邻人轰饮作乐，咿唔诗音，喁喁细语，以及鼾声，喷嚏声，吮汤声，撕纸声，脱皮鞋声”原本扰人清听，惹人烦厌，但他却说“均随时由门窗户壁的隙处荡漾而来，破我岑寂”，将噪音叙为乐音，将干扰视为慰藉，用自我心理的调整将客观存在的不利因素淡化、消解、稀释，从而使自己保持心灵的安宁，抵御着愁苦情绪的袭来。

老鼠的来袭，蚊子的猖獗，也用诙谐的语言道出，虽然无可奈何，但也不叫苦连天。——雅舍的种种不便，在作者看来都感到颇为有趣。

月夜的雅舍，“看山头吐月，红盘乍涌，一霎间，清光四射，天空皎洁，四野无声，微闻犬吠……等到月升中天，清光从树间筛洒而下，地上阴影斑斓，此时尤为幽绝”，好一幅如诗如画的美丽风光；而细雨蒙蒙之际，“推窗展望，俨然米氏章法，若云若雾，一片弥漫”。只有作者那种达观、从容的心境，不拘于雅舍的简陋和破败，不为其不便而愁苦，方能欣赏得此中佳趣，享受它的良辰美景月夜风光。

作者还把自我曾有过的惶恐、惊惧、烦恼客观化，使其与作者现在的心情保持一定的心理距离，从而将其由主观体验的情景变为现在能够欣赏的对象。正如一个历险的人怀着轻松快乐的心情讲述当时的危险情境一样，不再有畏惧和痛苦的感觉，而有了轻松愉快的情趣。“但若大雨滂沱，我就又惶悚不安了，屋顶湿印到处都有，起初如碗大，俄而扩大如盆，继则滴水乃不绝，终乃屋顶灰泥突然崩裂，如奇葩初绽，砉然一声而泥水下注。此刻满室狼藉，抢救无及。”读此并不感觉凄惨，反觉情趣横生，壮观奇美，充满生命的活力。因为作者把当时的情景，包括当时惶悚不安的自己都客观化了，这些都成为现在的观赏对象了。

“雅舍”的陈设虽然简朴，但室内陈设经常翻新布置，俱不从俗。居住其中竟对“雅舍”产生了感情，虽然寒碜和简陋，却并不令人畏惧或烦厌。从作者对它的幽默的调侃中，透出其苦中作乐的旷达心态。

《雅舍》平淡自然，于幽默、解嘲和闲适之中表现了中国知识分子安贫乐道的传统心态，在不动声色的描述中将平淡的生活化作纯净幽默的艺术品。

（王乃华）

海上的日出

巴金

为了看日出，我常常早起。那时天还没有大亮，周围非常清静，船上只有机器的响声。

天空还是一片浅蓝，颜色很淡。转眼间天边出现了一道红霞，慢慢地在扩大它的范围，加强它的亮光。我知道太阳要从天边升起来了，便不转眼地望着那里。

果然过了一会儿，在那个地方出现了太阳的小半边脸，红是真红，却没有亮光。太阳好像负着重荷似的一步一步、慢慢地努力上升，到了最后，终于冲破了云霞，完全跳出了海面，颜色红得非常可爱。一刹那间，这个深红的圆东西，忽然发出了夺目的亮光，射得人眼睛发痛，它旁边的云片也突然有了光彩。

有时太阳走进了云堆中，它的光线却从云层里射下来，直射到水面上。这时候要分辨出哪里是水，哪里是天，倒也不容易，因为我就只看见一片灿烂的亮光。

有时天边有黑云，而且云片很厚，太阳出来，人眼还看不见。然而太阳在黑云里放射的光芒，透过黑云的重围，替黑云镶了一道发光的金边。后来太阳才慢慢地冲出重围，出现在天空，甚至把黑云也染成了紫色或者红色。这时候发亮的不仅是太阳、云和海水，连我自己也成了明亮的了。

这不是很伟大的奇观吗?

作者简介

巴金（1904—2005），现代文学家、翻译家、出版家，被誉为“五四”新文化运动以来最有影响的作家之一。散文集有《随想录》《旅途随笔》《黑土》《十年一梦》等。

这篇散文写的是海上日出的壮丽景象。作者不用大段的铺陈与渲染，而是直接入景，将宇宙之间最壮观、最精华、最光彩的一刹那绘于笔端。

这是一篇唯美的散文。在平常而烦琐的生活中，美好的东西往往瞬间一闪而过，如昙花一现，为时虽短，却光彩耀眼，蕴藏着使人充满激情、发人深思的力量。本文中，巴金抓住大自然的海上日出这一壮观的一瞬，欢呼其中的美，把美集中到最富表现力的环境之中。日出虽是历代文人吟咏的主题，但这篇散文不落俗套，充分发挥形象思维的特点，运用类似白描或速写的手法，展现出一幅气势飞动、境界开阔、撼人心魄的壮丽图画。

他写海上日出，先写日出之前的景象。天从浅蓝转而出现红霞，慢慢扩大范围，加强亮光。接着写到日出，这里写了太阳的形状，太阳的动作，它的色彩，它的光亮；而且有层次，有变化。以后又写云中的太阳，阳光照着的云，水面上的景象。最后物我相融：“连我自己也成了明亮的了。”巴金形象地描绘出了“海上日出”这个运动的、活泼的过程，呈现出一幅幅威武雄壮、腾挪变化的图画，而且把太阳描摹成了一个腾挪变化的，用光和热打扮自然界的神奇的化妆，把一次短暂的日出写得有声有色，威武雄壮，即便是没有在海上看过日出的人，也能借助他的生花妙笔，产生身临其境的感觉了。

感情内敛，冷静中饱蕴炽热激情，是这篇散文的另一个特点。他的情感，完全融会到他所“创造”的那幅光芒万丈、气势如虹的图画中。细品这幅图画，作者那满腔激情、火焰般的向往、不可遏止的追求跃然而出。“为了看日出，我常常早起。”朴素地道出了作者对美好事物的热切追求与向往。“这不是很伟大的奇观吗？”这正是作者最由衷的赞美和最诚挚的感慨。散文规避了作者本人的慨叹与畅想，融情于景，笔法成熟老练，绝无声嘶力竭之弊。没有激情、至情，是不可能把日出写得这样真切生动、宏伟壮观的。作者原本是为两个哥哥而写的，他此时的情感必然是真挚的、质朴的、毫不做作的。正是由于在此感情基础之上，才孕育出这样一篇朴素真诚的散文。

（王乃华）

野店

臧克家

饭店，旅社，这样的名词一提上口，立刻涌上心来的是新式的华贵，如果换个野店，便另是一种情趣被唤起来了。像山村老翁头上的发辫，像被潮流冲空的石岸，时代至今还把野店留个残败的影子。

虽然说是野店，它所依傍的却是大道。几间茅草小屋，炕占去了每间的大半，留下火镰宽的一点空隙好预备你上下，这儿是大同世界，不问山南的海北的都挤在一堆，各人向着同伴谈论着，说笑着，没有“莫谈国事”的禁条贴在头上，他们可以随便放浪地吐泄，东家的鸡西邻的狗是要谈的，日本鬼子也是一个题目，因为他们中间就有许多是从东三省被迫回来的，一个小被卷是财产的全部。

房间少了，得想个法安插客人，吊铺像都市的楼房便悬起半空了，在上面睡的人钱可以略省一点。照例，店里得有马棚，大门口竖一两根柱子，等到轿车、两把手车或小车，载着什么人向这处奔来，——前面打着红布帘的是新嫁娘，不就是青春的妇女走亲戚的；痴胖可笑油光照人的是买卖家。店家小伙计见车子近了像熟主顾似的几步抢上前去替人家卸牲口，把它们

——毛驴，或是骡马牵到马棚里去，它们一点不认生地随着他，用尾巴打打后身，哙哙几声表示疲倦。

这是上等客，如果是住宿的话，单间屋得给他们特别预备。客人刚把个倦极的身子投到炕上，小伙计肩上搭一块破黑烂布便进来了，要是擦脸，他立刻便把一小泥盆水打到你的脸前来，要肥皂，要一条白手巾是太奢望。

“先生们做个什么饭吃？”这回该他问你了。

“有什么？”

“有大饼，有猪肉炒白菜，有熟鸡子。”如果你接着再问一句：“还有什么？”那小伙计一定会闭起嘴来。愿意喝好茶的话得特别声明，不然一个大子的茶叶末喝过几十个人以后，还会再冲上一点白开水给送过来。所谓好茶也不过是几个铜板一两的“大红袍”，一毛一两的贡尖这儿不下货。

等茶喝你得要有耐性。白水有大铁锅煮，冲茶可不行。一根一根的草对准一把洋铁壶底挑着燎，你如果不是一个趣味主义者，时节再是炎夏，你一定等得舌尖上生刺，跑到外面去避一避辣眼的浓烟。

晚上，任你一落太阳就躺下，敢保你不会一沾席就如愿地变成一块泥。夏天的蚊子、臭虫，冬天的虱子和跳蚤最喜欢和客人开玩笑，哼哼着叫你清醒地享受一个客夜，身上留点伤痕做一个追忆的记号。还有马棚的牲口也怕主人误了行程，半夜里叫一阵，用蹄子打地咚咚的一阵。当睡梦将要占有了你的临明的那一刻，店门吆隆一声，接着小伙计的脚步动静了，一睁眼，微白的曙色使你再也朦胧不得了。套上车子，披一身星光，冒着晨风，朝曦把人引上了征途。

“鸡声茅店月，人迹板桥霜。”回头望望这一副大红门联，意味够多长呢。

门口一个破席凉棚撑着夏天的太阳，为着什么东西奔跑的行人走在这串着天涯和故乡的热土的道上，望着这凉棚像沙漠中的人望见了绿洲。三步并成一步赶上来，卸下身上的负担，扪下沾着汗水的檐溜般的布眼罩，坐在一条长凳上用草帽或是手巾扇风。几碗半冷的残色的茶水浇下去，汗马上从身上涌出来，各人身上背着一身花疏的阴凉。设若有一个像蒲留仙一样的人物，夹在这杂色的队伍里，每个人你借给他一把蕉叶，那么一部《聊斋》会很快地集起来。

这些人，像“未有哇”（蝉之一种，在树上只有片刻的居留）一般，在这儿留一个脚印，便飞鸿似的去了，没有留恋，没有感伤，在未来的时候，他们也没想到会在这儿挂这一翅膀。水不能白喝，临走总得留下几个钱，百儿八十是他，三百二百也是他，主人不会嫌太少，伙计也不会说一声谢谢。但是你起身以后，“再来！”这一句淡淡的话，每回是不会忽疏的。

野店的常主顾是车伙子。他们到远一点的地方去运货贩卖，去的时候带着本乡的土产。这些车子往往成群成帮，队伍展得老长，道上的一帆尘土是他们的旗号。一走近了店口，把车子一插，用披布擦去了脸上的汗，弓弓着腰很自然地踏入了店门。因为太熟，照例有称号，姓王的是王大哥，姓李的是李二哥。小伙计牵牲口倒水忙乱一气，住一会儿，叫一袋旱烟把粗气压下，饭上来了。半斤一张的大饼，包着大块肥肉的包子，再要几头大蒜，一块还没腌变色的老白菜帮子。吃起来有点可怕。不，不能说吃，应是说吞。看那个劲，饼如果是铁的，肚子一定变成熔炉。饭后为了消暑，走到水瓮边去，捧着大瓢的生水往下灌，声音咚咚的可以听好几步远。“掌柜的算账！”这是一闭眼的午睡醒来后的第一句话。外边算盘珠一阵响，几吊几百几十几，小伙计一口喊出来。接着是查铜子的声音。一巴掌钱接到手里，含着笑走到财神位前，不远不近向大粗竹筒内一掷，哗……啦啦……真个是钱龙汇海了。

这些老主顾来到店里若是逢着佳节——端阳，中秋，元宵，不用开口，半壶白干，四样小菜碟便送到眼前了。喝了不够，还可以再开一回口。

不打钱，这算主人的一点小意思，不要看这是小节，主人的大量或吝啬往往作为客人去留的关键。谁不愿用百年不遇的一壶酒去做招徕的幌子？

秋天，连绵的阴雨把一个远道的客人困在野店里，白天黑夜分不开界限。闷闷地用睡眠用烟打发日子。风挟着雨丝打进纸窗来，卧着，从眼缝里闪进来一片阴暗，粗人就算是不善于愁，一只孤鸿也难免于凄凉。等着，胸中灼火地等着，等到雨丝一断，他是第一个把脚印印在泥上的人。野店被撇在身后像撇了一个无情的女人。

时间把什么都变了。有了汽车转眼可以百里，“古道西风瘦马”的趣味算完了。有钱的人谁也不愿再受轿车的折磨，野店的客人因此稀少了。加以年头不对，关东客全成了穷鬼，向四方逃难的倒很多，然而他们走店来顶多不过喝一壶白开。野店是诗意的，然而今日的野店成了时代头顶上残留的一条辫子了。

作者简介

臧克家（1905—2004），现代杰出诗人、作家。代表诗篇有《老马》《难民》等，散文代表作品有《野店》等。

读完臧克家的散文《野店》，一幅古朴的、充满诗情画意的画面便展现在我们的面前：人烟稀少的乡村古道边，几间茅草小屋，屋外还有破席搭起的凉棚，一个“酒店”的幡旗随风招展。屋外是歇脚吃饭的客人，他们大口地吞吃着“半斤一张的大饼，包着大块肥肉的包子，再要几头大蒜，一块还没腌变色的老白菜帮子”；而店内的几间小屋子里，住宿的人们，拥挤地杂乱地摆着的几张床，便几乎充斥了整个屋子的空间，只“留下火镰宽的一点空隙好预备你上下”。客人们不管山南的海北的都挤在一堆或平心静气地谈笑，或慷慨激昂地谈论国事、家事、天下事，发着牢骚和怨气；还有小伙计吆喝着忙里忙外，掌柜的拨得算盘珠子叭叭作响……好一幅乡村野店图！

野店的条件是很差的。茶水是“半冷的残色的”，要冲茶“一定等得舌尖上生刺”，“所谓好茶也不过是几个铜板一两的‘大红袍’”；要擦脸，便是“一块破黑烂布”“一小泥盆水”，“要肥皂，要一条白毛巾是太奢望”；房间少了，甚至有可能要睡像都市楼房那样悬在半空的“吊铺”；夏天的蚊子、臭虫，冬天的虱子、跳蚤，马棚牲口半夜的嘶叫和蹄子打地及早起的小伙计的脚步声会搅得人一夜不能安睡……然而野店在作者的笔下却是一幅充满着情趣和诗意的优美的自然风情画：野店古朴得可以“设若有一个像蒲留仙一样的人物，夹在这杂色的队伍里，每个人你借给他一把蕉叶，那么一部《聊斋》会很快地集起来”；野店自由得如大同世界“不问山南的海北的都挤在一堆，各人向着同伴谈论着，说笑着，没有‘莫谈国事’的禁条贴在头上，他们可以随便放浪地吐泄”；野店平和得可以在“连绵的阴雨”时，在野店里“闷闷地用睡眠用烟打发日子”，“胸中灼火地等着，等到雨丝一断”，便像撇了一个无情的女人一样把野店也撇在身后……野店在这串着天涯和故乡热土的道上，是一道美丽的风景，是沙漠中的绿洲，是心灵的暂居地，而“时间把什么都变了。有了汽车转眼可以百里……加以年头不对”，因而“‘古道西风瘦马’的趣味算完了”，“今日的野店成了时代头顶上残留的一条辫子了”，野店的诗意和情趣不仅当今的人们无法体会，而且作者心中也对这幅不能永恒的美丽的乡村风俗画充满了淡淡的怅惘和惋惜，他也只能在回忆中伤感了。

作者怀念的不仅仅是这道美丽的风景，更是怀念在这道风景下生活的人们。《野店》描绘的是 20 世纪 30 年代山东农村的风俗画，写于潍县一座小旅舍中，作者臧克家本人就是山东人，他饱含深情地描写和赞美了家乡人民的热情、豪爽、粗犷和通达。他们算账时不会斤斤计较:“临走总得留下几个钱，百儿八十是他，三百二百也是他，主人不会嫌太少，伙计也不会说一声谢谢。但是你起身以后，‘再来！’这一句淡淡的话，每回是不会忽疏的”；他们吃东西让人害怕：“不，不能说吃，应是说吞。看那个劲，饼如果是铁的，肚子一定变成熔炉。饭后为了消暑，走到水瓮边去，捧着大瓢的生水往下灌，声音咚咚的可以听好几步远。”充分显示了山东大汉的豪爽粗犷之气。他们都是不拘小节而又热情通达的：“这些老主顾来到店里若是逢着佳节——端阳，中秋，元宵，不用开口，半壶白干，四样小菜碟便送到眼前了。喝了不够，还可以再开一回口。不打钱，这算主人的一点小意思。”作者从心里热爱他们欣赏他们。《野店》是作者洋溢着激情写的一首故乡的赞歌。

作者这种真情在文字上的反映是看似平淡中蕴含着浓厚的火热感情。臭虫、蚊子等本是令人讨厌的害虫，而在作者笔下，它们也是可爱的：“夏天的蚊子、臭虫，冬天的虱子和跳蚤最喜欢和客人开玩笑。哼哼着叫你清醒地享受一个客夜，身上留点伤痕做一个追忆的记号。”“还有马棚的牲口也怕主人误了行程，半夜里叫一阵，用蹄子打地咚咚的一阵。当睡梦将要占有了你的临明的那一刻，店门吣隆一声，接着小伙计的脚步动静了，一睁眼，微白的曙色使你再也朦胧不得了。”一夜不能成眠的作者却没有一丝抱怨，反而化成一种幽默诙谐，这正是作者内心对野店热爱的深情之至的充分体现。散文中人称也随情感的起伏而变化，一会称客人为“他”“他们”，一会又称“你”，作者就像朋友坐在我们的对面讲述野店的故事，亲切自然，使我们仿佛也和作者共同走进故事，亲自去体验野店的情趣，感受作者对野店对故乡的浓厚感情。

（张　莹）

初冬

萧红

初冬，我走在清凉的街道上遇见了我的弟弟。

"莹姐，你走到哪里去？"

"随便走走吧！"

"我们去吃一杯咖啡，好不好？莹姐。"

咖啡店的窗子在帘幕下挂着苍白的霜层。我把领口脱着毛的外衣搭在衣架上。

我们开始搅着杯子玲琅地响了。

"天冷了吧！并且也太孤寂了，你还是回家的好。"弟弟的眼睛是深黑色的。

我摇了头，我说：

"你们学校的篮球队近来怎么样？还活跃吗？你还是很热心吗？"

"我掷筐掷得更进步，可惜你总也没到我们的球场上来了。你这样不畅快是不行的。"

我仍搅着杯子，也许漂流久了的心情，就和离了岸的海水一般，若非遇到大风是不会翻起的。我开始弄着手帕。弟弟再向我说什么我已不去听清他，仿佛自己是沉坠在深远的幻想的井里。

我不记得怎样咖啡被我吃干了杯子。茶匙在搅着空的杯子时，弟弟说：

“再来一杯吧！”

女侍者带着欢笑一般飞起的头发来到我们的桌边。她又用很响亮的脚步摇摇地走了去。

也许是因为清早或是天寒，再没有人走进这咖啡店。在弟弟默默看着我的时候，在我的思想宁静得玻璃一般平的时候，壁间暖气管小小嘶鸣的声音都听得到了。

“天冷了，还是回家好，心情这样不畅快长久了是无益的。”

“怎么！”

“太坏的心情与你有什么好处呢？”

“为什么要说我的心情不好呢？”

我们又都搅着杯子。有外国人走进来，那响着嗓子的，嘴不住在说的女人，就坐在我们的近边，她离得我越近，我越嗅到她满衣的香气，那使我感到她离得我更辽远，也感到全人类离得我更辽远。也许她那安闲而幸福的态度与我一点联系也没有。

我们搅着杯子，杯子不能像起初搅得发响了，街车好像渐渐多了起来，闪在窗子上的人影迅速而且烦多了。隔着窗子可以听到喑哑的笑声和喑哑的踏在行人道上的鞋子的声音。

“莹姐，”弟弟的眼睛是深黑色的。“天冷了，再不能漂流下去，回家去吧！”等他说：“你的头发这样长了，怎么不到理发店去一次呢？”我不知为什么被他这话所激动了。

也许要熄灭的灯火在我心中复燃起来，热力和光明鼓荡着我：

“那样的家我是不想回去的。”

“那么漂流着，就这样漂流着？”弟弟的眼睛是深黑色的。他的杯子留在左手里边，另一只手在桌面上手心向上翻张了开来，要在空间摸索着什么似的。最后他是捉住他自己的领巾。我看着他在抖动的嘴唇：

“莹姐，我真耽心你这个女浪人！”他的牙齿好像更白了些，更大些，而且有力了，而且充满热情了。为热情而波动，他的嘴唇是那样的退去了颜色。并且他的全人有些近乎狂人，然而是安静的，完全被热情侵占着的。

出了咖啡店，我们在结着薄碎的冰雪上面踏着脚。

初冬，朝晨的红日扑着我们的头发，这样的红光使我感到欣快和寂寞。弟弟不住地在手下摇着帽子，垂头耸起了又落下了；心脏也是高了又低了。

渺小的同情者和被同情者离开了市街。

停在一个荒败的枣树园的前面时，他突然把很厚的手伸给了我，这是在我们要告别了。

“我到学校去上课！”他脱开我的手向着和我相反的方向背转过去。可是走了几步又转回来：

“莹姐，我看你还是回家的好！”

“那样的家我是不能回去的，我不愿意受和我站在两极端的父亲的豢养……”

“那么你要钱用么？”

“不要的。”

“那么你这个样子吗？你瘦了！你快要生病了！你的衣服也太薄啊！”弟弟的眼睛是深黑色的，充满着祈祷和愿望。我们又握过手，分别方向走去。

太阳在我的脸面上闪闪耀耀，仍和未遇见弟弟以前一样，我穿过街头，我无目的地走。寒风，刺着喉头，时时要发作小小的咳嗽。

弟弟留给我的是深黑色的眼睛，这在我散漫与孤独的流荡人的心板上，怎能不微温了一个时刻？

作者简介

萧红（1911—1942），现代著名女作家。代表散文有《天空的点缀》《失眠之夜》《在东京》《回忆鲁迅先生》等。

读萧红的散文《初冬》，有一种伴着音乐喝咖啡的舒缓，然而在咖啡的香气中我们又可以品出浓浓的苦涩和感伤。

本文写了姐弟二人在初冬的街头相遇，通过一段不长的时间，几次转移的地点，十几句简洁的对话，交代出了一个完整的故事：作者是旧时代一个弃家出走的女性，因为在家里有着“和我站在两极端的父亲”；然而漂流在社会上，她不仅在生活上拮据，而且心情更加的孤独和落寞。在街上漫无目的地走时，和弟弟相逢，弟弟苦苦地劝她回家，她却仍然忍受着孤独，倔强地追求着自由，追寻着自己的生活。

初冬的天气是清凉的，寒风也是“刺着喉头”的，这也符合作者寂寥的心情。她漂流着，“漂流久了的心情，就和离了岸的海水一般，若非遇到大风是不会翻起的。”她对一切都漠然，心灵也仿佛是被坚冰包围着，散漫、孤寂，没有一丝热情。头发长了，外衣领口脱着毛，她都无心去管；弟弟苦口婆心地劝她回家，她却能以旁观者似的态度欣赏弟弟的热情：“他的牙齿好像更白了些，更大些，而且有力了，而且充满热情了。为热情而波动，他的嘴唇是那样的退去了颜色。并且他的全人有些近乎狂人，然而是安静的，完全被热情侵占着的。”甚至她感到全人类都离得我很辽远。这种仿佛看透了世间一切的散漫，是失去了热力和光明的迷茫，这散漫中有着多少苦涩、无奈和辛酸！作者离开了自己的家，饱含着所有的热情去追求自由，然而生活的压力和心灵的孤寂，这种种的苦难和挫折磨合着她原初的热情，将其化为一种平静，这表面的散漫其实是一种更为持久的执着。她不会退缩，她会迎着朝晨的红日继续孤独地执着地追求，因为只有“这样的红光使我感到欣快”，纵然现在的我是寂寞的，迷茫的。

天气是清冷的，然而亲情荡漾在作者的心头，也使她的心“微温了一个时刻”。弟弟对姐姐的爱，是以话语的方式来表达的，但值得注意的是萧红在文中有着对弟弟的眼睛的五次重复描写。弟弟担心她的身体，担心她漂流的生活，一再地劝她回家，甚至还注意到她的头发长了，建议她去理发店，还注意她瘦了，快要生病了，衣服也太薄了。这些至深关切的话语背后都有一双“深黑色的眼睛”。在这里，这双“深黑色的眼睛”是和弟弟感情的倾吐相对应的，这双眼睛有着无限的热情和浓浓的亲情，它关注她的现状，给她无尽的温暖，是亲情的象征。然而弟弟并不真正理解作者，他只是一个“渺小的同情者”，因而这双眼睛又期待着把作者引回家庭，给她默默地施压，让她退缩。尽管如此，“弟弟留给我的是深黑色的眼睛，这在我散漫与孤独的流荡人的心板上，怎能不微温了一个时刻？”正是这份浓浓的关切和亲情，让她在初冬的寒风中体会到了一丝暖意。

（张　莹）

废墟

余秋雨

一

我诅咒废墟，我又寄情废墟。

废墟吞没了我的企盼，我的记忆。片片瓦砾散落在荒草之间，断残的石柱在夕阳下站立，书中的记载，童年的幻想，全在废墟中陨灭，昔日的光荣成了嘲弄，创业的祖辈在寒风中声声咆哮。夜临了，什么没有见过的明月苦笑了一下，躲进云层，投给废墟一片遮羞的阴影。

但是，代代层累并不是历史。废墟是毁灭，是葬送，是诀别，是选择。时间的力量，理应在大地上留下痕迹；岁月的巨轮，理应在车道间碾碎凹凸。没有废墟就无所谓昨天，没有昨天就无所谓今天和明天。废墟是课本，让我们把平面的事情读成立体；废墟是过程，人生就是从旧的废墟出发，走向新的废墟。营造之初就想到它今后的凋零，因此废墟是目的；更新的营造以废墟为基地，因此废墟是手段。废墟是进化的长链。

一位朋友告诉我，一次，他走进一个著名的废墟，才一抬头，已是满脸眼泪。这眼泪的成分非常复杂。是憎恨，是失落，又不完全是。废墟表现出固执，活像一个残疾了的悲剧英雄。废墟昭示着沧桑，让人偷窥到民族步履的蹒跚。废墟是垂死老人发出的指令，使你不能不动容。

废墟有一种形式美，把拔离大地的美转化为皈附大地的美。再过多少年，它还会化为泥土，完全融入大地。将融未融的阶段，便是废墟。母亲微笑着怂恿过儿子们的创造，又微笑着收纳了这种创造。母亲怕儿子们过于劳累。看到过秋天的飘飘黄叶吗？母亲怕它们冷，收入怀抱。没有黄叶就没有秋天，废墟就是建筑的黄叶。

人们说，黄叶的意义在于哺育春天。我说，黄叶本身也是美。

两位朋友在我面前争论。一位说，他最喜欢在疏星残月的夜间，在废墟间独行，或吟诗，或高唱，直到东方泛白；另一位说，有了对晨曦的期待，这种夜游便失之于矫揉。他的习惯，是趁着残月的微光，找一条小路悄然走回。

我呢，我比他们年长，已没有如许豪情和精力。我只怕，人们把所有的废墟都统统刷新、修缮和重建。

二

不能设想，古罗马的角斗场需要重建，庞贝古城需要重建，柬埔寨的吴哥窟需要重建，玛雅文化遗址需要重建。

这就像不能设想，远年的古铜器需要抛光，出土的断戟需要镀镍，宋版图书需要上塑，马王堆的汉代老太需要植皮丰胸、重施浓妆。

只要历史不阻断，时间不倒退，一切都会衰老。老就老了吧，安详地交给世界一副慈祥美。假饰天真是最残酷的自我糟践。没有皱纹的祖母是可怕的，没有白发的老者是让人遗憾的。没有废墟的人生太累了，没有废墟的世界太挤了，掩盖废墟的举动太伪诈了。

还历史以真实，还生命以过程。

——这就是人类的大明智。

并非所有的废墟都值得留存。否则地球将会伤痕斑斑。废墟是古代派往现代的使节，庄严地保持着派出者的习俗和服饰，不敢轻易地入乡随俗。使节总是稀少的，经过君王的挑剔和筛选。使节负有沉重的使命，不负使命的来访者不是使节。当代的瓦砾堆不是我们所说的废墟，古代的旷野也不在我们关注的范围。废墟是祖辈曾经发动过的壮举，会聚着当时当地的力量和精粹。碎成齑粉的遗址也不是废墟，废墟中应有历史最强劲的韧带。废墟能提供破读的可能，废墟散发着让人流连盘桓的磁力。是的，废墟是一个磁场，一极古代，一极现代，心灵的罗盘在这里感应强烈。失去了磁力就失去了废墟的生命，它很快就会被人们淘汰。

并非所有的修缮都属于荒唐。小心翼翼地清理，不露痕迹地加固，再苦心设计，让它既保持原貌又便于观看。这种劳作，是对废墟的恩惠。全部劳作的终点，是使它更成为一个名副其实的废墟，一个人人都愿意凭吊的废墟。修缮，总意味着一定程度的损坏。把损坏降到最低度，是一切真正的废墟修缮家的夙愿。也并非所有的重建都需要否定。如果连废墟也没有了，重建一个来实现现代人吞古纳今的宏志，那又何妨。但是，那只是现代建筑家的古典风格，沿用一个古名，不无幽默。黄鹤楼重建了，可以装电梯；阿房宫若重建，可以作宾馆；滕王阁若重建，可以辟商场。这与历史干系不大。如果既有废墟，又要重建，那么，我建议，千万保留废墟，傍邻重建。在废墟上打地基，让人心痛。

总而言之，对废墟来说，要义在于保存。圆明园废墟是北京城最有历史感的文化遗迹之一，如果把它完全铲平，造一座崭新的圆明园，多么得不偿失。大清王朝不见了，熊熊火光不见了，民族的郁忿不见了，历史的感悟不见了，抹去了昨夜的故事，去收拾前夜的残梦。但是，收拾来的又不是前夜的残梦，只是今日的游戏。

三

中国历来缺少废墟文化。废墟二字，在中文中让人心惊肉跳。

或者是冬烘气十足地怀古，或者是实用主义地趋时。怀古者只想以古代今，趋时者只想以今灭古。结果，两相杀伐，两败俱伤，既斫伤了历史，又砍折了现代。鲜血淋淋，伤痕累累，偌大一个民族，前不见古人，后不见来者，念天地之悠悠，独怆然而涕下。

上天，在中国人心中留下一些空隙吧！让古代留几个脚印在现代，让现代心平气和地逼视着古代。废墟不值得羞愧，我们太善于羞愧；废墟不必要遮盖，我们太擅长遮盖。

中国历史充满了悲剧，但中国人怕看真正的悲剧。最终都有一个大团圆，以博得情绪的安慰，心理的满足。惟有屈原不想大团圆，杜甫不想大团圆，曹雪芹不想大团圆，孔尚任不想大团圆，鲁迅不想大团圆，白先勇不想大团圆。他们保存了废墟，自己站立在上，皱眉看着强颜欢笑的民族。

没有悲剧就没有悲壮，没有悲壮就没有崇高。雪峰是伟大的，因为满坡掩埋着登山者的遗体；大海是伟大的，因为处处漂浮着船楫的残骸；登月是伟大的，因为有“挑战者号”的陨落；人生是伟大的，因为有白发，有诀别，有无可奈何的失落。古希腊傍海而居，无数向往彼岸的勇士在狂波间前仆后继，于是有了光耀万世的希腊悲剧。

悲剧英雄总未免孤独，在中国，他们尤其孤独。

诚恳坦然地承认奋斗后的失败，成功后的失落，我们只会更沉着。中国人若要变得大气，不能再把所有的废墟驱逐。

四

废墟的留存，是现代人文明的象征。

废墟，辉映着现代人的自信。

废墟不会阻遏街市，妨碍前进。现代人目光深邃，知道自己站在历史的第几级台阶。他不会妄想自己脚下是一个拔地而起的高台。因此，他乐于看着身前身后的所有台阶。

是现代的历史哲学点化了废墟，而历史哲学也需要寻找教材。只有在现代的喧嚣中，废墟的宁静才有力度；只有在现代人的沉思中，废墟才能上升为寓言。

因此，古代的废墟，实在是一种现代构建。

现代，不仅仅是一截时间。现代是宽容，现代是气度，现代是辽阔，现代是浩瀚。

我们，挟带着废墟走向现代。

作者简介

余秋雨（1946— ），著名散文家、文化学者、艺术理论家、文化史学家。著有《文化苦旅》《千年一叹》《山居笔记》《霜冷长河》《行者无疆》《借我一生》《笛声何处》《寻觅中华》等。

废墟作为一个传统文化的符号包含着丰富驳杂的历史内容，这篇散文即是一个当代学者立足于现代文化对古典文明进行的缅怀和沉思，并在此基础上昭示了一种全新的现代文化观念。作者通过对废墟文化的层层剥离和阐释，彰显了一个现代人对古代文化应该持有批判继承态度的科学理性精神。既能够从历史的根基中寻找有利于现代发展的力量、精神和魂魄，又能够超越文化遗迹中的因袭负重，建构一种充满着生命强力的新文化。现代人既要在浮躁趋利的现实生活中给自己留有精神空间，以对传统文化进行反思清理，又要有挟带和吞吐废墟走向现代化的气度和魄力；只有如此才是一种清新健康的文化精神，只有这样才能建构出既有历史底蕴又包含现代理性的科学文明。这也是本文的主题所在。

散文共由四个部分组成，它们相互独立而又有着内在联系。第一部分描述了自己对废墟的感情基调。在第二部分中，针对现实中对废墟所进行的刷新、修缮和重建行为，作者提出了异议和建议。第三部分描述了废墟文化所承载的悲剧意义，在最后一部分中，作者阐释了废墟的留存与社会现代性的关系。在艺术风格上，散文语言凝练、蕴藉，意境深邃、阔大，大量排比、类比和对比手法的应用使散文气势恢宏。又因为废墟本来就是作为一种历史的、文化的陈迹而存在，其自身包含着厚重、颓败和沧桑的况味，这就使得行文流淌着一种苍凉、宏大、凝重的氤氲之气。同时，比喻和拟人手法的运用也使散文凝重而不失活泼，使形象描写生动而充满着生命力；如写明月苦笑，躲进云层；写大地母亲宽容的微笑，把废墟喻为古代派往现代的使节，等等。

在结构上，散文的四个部分既相互独立又有着内在的统一。各部分自成体系，各以正论、反论或例证建构作者的立场和论点，同时各部分又均指向对传统文化进行富有现代性的建设和发扬这一主题。既灵活而巧妙，又有着思想上逐层递进的功能。

（崔凯璇）

想念地坛

史铁生

想念地坛，主要是想念它的安静。

坐在那园子里，坐在不管它的哪一个角落，任何地方，喧嚣都在远处。近旁只有荒藤老树，只有栖居了鸟儿的废殿颓檐、长满了野草的残墙断壁，暮鸦吵闹着归来，雨燕盘桓吟唱，风过檐铃，雨落空林，蜂飞蝶舞，草动虫鸣……四季的歌咏此起彼伏从不间断。地坛的安静并非无声。

有一天大雾迷漫，世界缩小到只剩了园中的一棵老树。有一天春光浩荡，草地上的野花铺铺展展开得让人心惊。有一天漫天飞雪，园中堆银砌玉，犹如一座晶莹的迷宫。有一天大雨滂沱，忽而云开，太阳轰轰烈烈，满天满地都是它的威光。数不尽的那些日子里，那些年月，地坛应该记得，有一个人，摇了轮椅，一次次走来，逃也似的投靠这一处静地。

一进园门，心便安稳。有一条界线似的，迈过它，只要一迈过它便有清纯之气扑来，悠远、浑厚。于是时间也似放慢了速度，就好比电影中的慢镜头，人便不那么慌张了，可以放下心来把你的每一个动作都看看清楚，每一丝风吹叶动，每一缕愤懑和妄想、盼念与惶茫，总之把你所有的心绪都看看明白。

因而地坛的安静，也不是与世隔离。

那安静，如今想来，是由于四周和心中的荒旷。一个无措的灵魂，不期而至竟仿佛走回到生命的起点。

记得我在那园中成年累月地走，在那儿呆坐，张望，暗自地祈求或怨叹，在那儿睡了又醒，醒了看几页书……然后在那儿想："好吧好吧，我看你还能怎样！"这念头不觉出声，如空谷回音。

谁？谁还能怎样？我，我自己。

我常看那个轮椅上的人和轮椅下他的影子，心说我怎么会是他呢？怎么会和他一块坐在了这儿？我仔细看他，看他究竟有什么倒霉的特点，或还将有什么不幸的征兆，想看看他终于怎样去死，赴死之途莫非还有绝路？哪日何日？我记得忽然我有了一种放弃的心情，仿佛我已经消失，已经不在，惟一缕轻魂在园中游荡，刹那间清风朗月，如沐慈悲。于是乎我听见了那恒久而辽阔的安静。恒久，辽阔，但非死寂，那中间确犹如林语堂所说的，一种"温柔的声音，同时也是强迫的声音"。

我记得于是我铺开一张纸，觉得确乎有些什么东西最好是写下来。哪日何日？但我一直记得那份忽临的轻松和快慰，也不考虑词句，也不过问技巧，也不以为能拿它去派什么用场，只是写，只是看有些路单靠腿（轮椅）去走明显是不够。写，真是个办法，是条条绝路之后的一条路。

只是多年以后我才在书上读到了一种说法：写作的零度。

《写作的零度》，其汉译本实在是有些磕磕绊绊，一些段落只好猜读，或难免还有误解。我不是学者，读不了罗兰·巴特的法文原著应当不算是玩忽职守。是这题目先就吸引了我，这五个字，已经契合了我的心意。在我想，写作的零度即生命的起点，写作由之出发的地方即生命之固有的疑难，写作之终于的寻求，即灵魂最初的眺望。譬如那一条蛇的诱惑，以及自古而今对生命意义的不息询问。譬如那两片无花果叶的遮蔽，以及人类以爱情的名义、自古而今的相互寻找。譬如上帝对亚当和夏娃的惩罚，以及万千心魂自古而今所祈盼着的团圆。

"写作的零度"，当然不是说清高到不必理睬纷繁的实际生活，洁癖到把变迁的历史虚无得干净，只在形而上寻求生命的解答。不是的。但生活的谜面变化多端，谜底却似亘古不变，缤纷错乱的现实之网终难免编织进四顾迷茫，从而编织到形而上的询问。人太容易在实际中走失，驻足于路上的奇观美景而忘了原本是要去哪儿，倘此时灵机一闪，笑遇荒诞，恍然间记起了比如说罗伯—格里耶的"去年在马里昂巴"，比如说贝克特的"等待戈多"，那便是回归了"零度"，重新过问生命的意义。零度，这个词真用得好，我愿意它不期然地还有着如下两种意思：一是说生命本无意义，零嘛，本来什么都没有；二是说，可平白无故地生命它来了，是何用意？虚位以待，来向你要求意义。一个生命的诞生，便是一次对意义的要求。荒诞感，正是这样的要求。所以要看重荒诞，要善待它。不信等着瞧，无论何时何地，必都是荒诞领你回到最初的眺望，逼迫你去看那生命固有的疑难。

否则，写作，你寻的是什么根？倘只是炫耀祖宗的光荣，弃心魂一向的困惑于不问，岂不还是阿Q的传统？倘写作变成潇洒，变成了身份或地位的投资，它就不要嘲笑喧嚣，它已经加入喧嚣。尤其，写作要是爱上了比赛、擂台和排名榜，它就更何必谴责什么"霸权"？它自己已经是了。我大致看懂了排名的用意：时不时地抛出一份名单，把大家排比得就像是梁山泊的一百零八将，被排者争风吃醋，排者乘机拿走的是权力。可以玩味的是，这排名之妙，商界倒比文坛还要醒悟得晚些。

这又让我想起我曾经写过的那个可怕的孩子。那个矮小瘦弱的孩子，他凭什么让人害怕？他有一种天赋的诡诈——只要把周围的孩子经常地排一排座次，他凭空地就有了权力。"我第一跟谁好，第二跟谁好……第十跟谁好"和"我不跟谁好"，于是，欢欣者欢欣地追随他，苦闷者苦闷着还是去追随他。我记得，那是我很长一段童年时光中恐惧的来源，是我的一次写作的零度。生命的恐惧或疑难，在原本干干净净的眺望中忽而向我要求着计谋；我记得我的第一个计谋，是阿谀。但恐惧并未因此消散，疑难却因此更加疑难。我还记得我抱着那只用于阿谀的破足球，抱着我破碎的计谋，在夕阳和晚风中回家的情景……那又是一次写作的零度。零度，并不止有一次。每当你立于生命固有的疑难，立于灵魂一向的祈盼，你就回到了零度。一次次回到那儿正如一次次走进地坛，一次次投靠安静，走回到生命的起点，重新看看，你到底是要去哪儿？是否已经偏离亚当和夏娃相互寻找的方向？

想念地坛，就是不断地回望零度。放弃强力，当然还有阿谀。现在可真是反了！——面要面霸，居要豪居，海鲜称帝，狗肉称王，人呢？名人，强人，人物。可你看地坛，它早已放弃昔日荣华，一天天在风雨中放弃，五百年，安静了；安静得草木葳蕤，生气盎然。土地，要你气熏烟蒸地去恭维它吗？万物，是你雕栏玉砌就可以挟持的？疯话。再看那些老柏树，历无数春秋寒暑依旧镇定自若，不为流光掠影所迷。我曾注意过它们的坚强，但在想念里，我看见万物的美德更在于柔弱。“坚强”，你想吧，希特勒也会赞成。世间的语汇，可有什么会是强梁所拒？只有“柔弱”。柔弱是爱者的独信。柔弱不是软弱，软弱通常都装扮得强大，走到台前骂人，退回幕后出汗。柔弱，是信者仰慕神恩的心情，静聆神命的姿态。想想看，倘那老柏树无风自摇岂不可怕？要是野草长得比树还高，八成是发生了核泄漏——听说切尔诺贝利附近有这现象。

我曾写过“设若有一位园神”这样的话，现在想，就是那些老柏树吧；千百年中，它们看风看雨，看日行月走人世更迭，浓荫中惟供奉了所有的记忆，随时提醒着你悠远的梦想。

但要是“爱”也喧嚣，“美”也招摇，“真诚”沦为一句时髦的广告，那怎么办？惟柔弱是爱愿的识别，正如放弃是喧嚣的解剖。人一活脱便要嚣张，天生的这么一种动物。这动物适合在地坛放养些时日——我是说当年的地坛。

回望地坛，回望它的安静，想念中坐在不管它的哪一个角落，重新铺开一张纸吧。写，真是个办法，油然地通向着安静。写，这形式，注定是个人的，容易撞见诚实，容易被诚实揪住不放，容易在市场之外遭遇心中的阴暗，在自以为是时回归零度。把一切污浊、畸形、歧路，重新放回到那儿去检查，勿使伪劣的心魂流失。

有人跟我说，曾去地坛找我，或看了那一篇《我与地坛》去那儿寻找安静。可一来呢，我搬家搬得离地坛远了，不常去了。二来我偶尔请朋友开车送我去看它，发现它早已面目全非。我想，那就不必再去地坛寻找安静，莫如在安静中寻找地坛。恰如庄生梦蝶，当年我在地坛里挥霍光阴，曾屡屡地有过怀疑：我在地坛吗？还是地坛在我？现在我看虚空中也有一条界线，靠想念去迈过它，只要一迈过它便有清纯之气扑面而来。我已不在地坛，地坛在我。

作者简介

史铁生（1951—2010），著名小说家、散文家。著有《合欢树》《我的梦想》《我21岁那年》《我与地坛》《墙下短记》等。

地坛为方形，又名方泽坛，在北京市东城区，原是明清帝王在夏至这一天祭祀祇神的地方。于1957年进行修建，现称为地坛公园。史铁生笔下的地坛极为安静。

地坛之于史铁生，正如石壁之于达摩。我想，地坛很幸运，荒芜了五百年，居然成了一个作家心灵的栖息地；史铁生很幸福，痛苦绝望中，居然在这里让灵魂站立得如此纯粹而高大！安静的地坛，居然是一堆静谧的烈火，与重生的凤凰相映生辉！

从遥远的清平湾——“一个无措的灵魂”，走到地坛，这个“并非无声”“也不是与世隔绝”的“荒旷”的地方，“不期而至竟仿佛走回到生命的起点”。那些荒藤老树、废殿颓檐、野花荒草、鸦噪虫鸣，那些雨雾雪晴，都曾给他那愤懑、妄想、盼望、惶茫的心灵以慰藉与启迪！在这里，他与死神交流，与自己的灵魂对话，一点点地剔除内心的芜杂，一点点地使信仰的力量变得强大。“古人之观于天地、山川、草木、虫鱼、鸟兽，往往有得，以其求思之深而无不在也！”我们仿佛看见那个坐在轮椅上的人，经年累月地在地坛深处徘徊、思索。

“每当你立于生命固有的疑难，立于灵魂一向的祈盼，你就回到了零度。一次次回到那儿正如一次次走进地坛，一次次投靠安静，走回到生命的起点，重新看看，你到底是要去哪儿？”在一次次对生命意义的追问中，他以地坛为师，选择了“放弃”“柔弱”和“安静”，当然，这并不意味着消极，这只是对生命中精神意义和价值的肯定，是对物欲横流、强者称王的世界的一种拒绝，正如他的地坛，“并非无声”，“也不是与世隔绝”。壁立千仞，无欲则刚，何必狗苟蝇营呢？

从这个角度讲，地坛应该成为我们共同的老师！

就本文的艺术特色而言，有两点特别值得学习和借鉴：一是它精致的构思，一是它平静的叙述风格。散文紧扣“安静”一词，以波澜不惊的口吻，层层深入，浑然天成，回味隽永，让人沉浸其中，久久难以释怀。

（张国钟）

月迹

贾平凹

我们这些孩子，什么都觉得新鲜，常常又什么都不觉满足；中秋的夜里，我们在院子里盼着月亮，好久却不见出来，便坐回中堂里，放了竹窗帘儿闷着、缠奶奶说故事。奶奶是会说故事的；说了一个，还要再说一个……奶奶突然说：

“月亮进来了！”

我们看时，那竹窗帘儿里，果然有了月亮，款款地，悄没声地溜进来，出现在窗前的穿衣镜上了：原来月亮是长了腿的，爬着那竹帘格儿，先是一个白道儿，再是半圆，渐渐地爬很高了，穿衣镜上的圆便满盈了。我们都高兴起来，又都屏气儿不出，生怕那是个尘影儿变的，会一口气吹跑了呢。月亮还在竹帘儿上爬，那满圆却慢慢又亏了，末了，便全没了踪迹，只留下一个空镜，一个失望。奶奶说：

“它走了，它是匆匆的；你们快出去寻月吧。”

我们就都跑出门去，它果然就在院子里，但再也不是那么一个满满的圆了，尽院子的白光，是玉玉的，银银的，灯光也没有这般儿亮的。院子的中央处，是那棵粗粗的桂树，疏疏的枝，疏疏的叶，桂花还没有开，却有了累累的骨朵儿了。我们都走近去，不知道那个满圆儿去哪儿了，却疑心这骨朵儿是繁星儿变的；抬头看着天空，星儿似乎就比平日少了许多。月亮正在头顶，明显大多了，也圆多了，清清晰晰看见里边有了什么东西。

“奶奶，那月上是什么呢？”我问。

“是树，孩子。”奶奶说。

“什么树呢？”

“桂树。”

我们都面面相觑了，倏乎间，哪儿好像有了一种气息，就在我们身后袅袅，到了头发梢儿上，添了一种淡淡的痒痒的感觉；似乎我们已在了月里，那月桂分明就是我们身后的这一棵了。

奶奶瞧着我们，就笑了：

“傻孩子，那里边已经有人了呢。”

“谁？”我们都吃惊了。

“嫦娥。”奶奶说。

“嫦娥是谁？”

“一个女子。”

哦，一个女子。我想：月亮里，地该是银铺的，墙该是玉砌的，那么好个地方，配住的一定是十分漂亮的女子了。

“有三妹漂亮吗？”

“和三妹一样漂亮的。”

三妹就乐了：

“啊啊，月亮是属于我的了！”

三妹是我们中最漂亮的，我们都羡慕起来：看着她的狂样儿，心里却有了一股嫉妒。我们便争执了起来，每个人都说月亮是属于自己的。奶奶从屋里端了一壶甜酒出来，给我们每人倒了一小杯儿，说：

“孩子们，瞧瞧你们的酒杯，你们都有一个月亮哩！”

我们都看着那杯酒，果真里边就浮起一个小小的月亮的满圆。捧着，一动不动的，手刚一动，它便酥酥地颤，使人可怜儿的样子。大家都喝下肚去，月亮就在每一个人的心里了。

奶奶说：

“月亮是每个人的，它并没走，你们再去找吧。”

我们越发觉得奇了，便在院里找起来。妙极了，它真没有走去，我们很快就在葡萄叶儿上，瓷花盆儿上，爷爷的锨刃儿上发现了。我们来了兴趣，竟寻出了院门。

院门外，便是一条小河。河水细细的，却漫着一大片的净沙；全没白日那么的粗糙，灿灿地闪着银光。我们从沙滩上跑过去，弟弟刚站到河的上湾，就大呼小叫了：“月亮在这儿！”

妹妹几乎同时在下湾喊道：“月亮在这儿！”

我两处去看了，两处的水里都有月亮；沿着河沿跑，而且那一处的水里都有月亮了。我们都看着天上，我突然又在弟弟妹妹的眼睛里看见了小小的月亮。我想，我的眼睛里也一定是会有的。唉，月亮竟是这么多的：只要你愿意，它就有了哩。

我们坐在沙滩上，掬着沙儿，瞧那光辉，我说：

“你们说，月亮是个什么呢？”

“月亮是我所要的。”弟弟说。

“月亮是个好。”妹妹说。

我同意他们的话。正像奶奶说的那样：它是属于我们的，每个人的。我们就又仰起头来看那天上的月亮，月亮白光光的，在天空上。我突然觉得，我们有了月亮，那无边无际的天空也是我们的了：那月亮不是我们按在天空上的印章吗？

大家都觉得满足了，身子也来了困意，就坐在沙滩上，相依相偎地甜甜地睡了一会儿。

作者简介

贾平凹（1952—　），著名作家。著有散文集《月迹》《心迹》《爱的踪迹》《走山东》《商州三录》《说话》，小说《废都》《白夜》《土门》《秦腔》等。

《月迹》是贾平凹散文的代表作。这篇散文通过清澈明净的儿童视角、纯真无瑕的童心记叙了一场饶有情趣的“寻月”过程。作者用那行云一般轻柔和秋水一般隽永的笔触，在广阔无垠的空中书写着对月亮亘古不变的挚爱和崇拜的感情。在感受月的温柔厚爱的同时，给我们弹奏了一首轻盈优雅的月光曲，让读者回味无穷。

这篇散文构思清晰，文笔流畅，在儿童追寻月迹的行踪中弥漫着淡雅恬静的古诗的意境。在一个中秋的夜里，几个农村的孩子坐在院子里盼月亮，在奶奶的故事里，孩子们开始了寻月。散文的开头，作者就以儿童丰富的想象力给我们描绘了一个中秋夜月的淡雅图画。交代了寻月的起因，接下来就开始了寻月的行动。先是在院子里寻，满院是“玉玉的，银银的”月光，孩子们用丰富的想象力疑心院子里桂树的骨朵是繁星变的，这种幻觉想象符合儿童天真可爱的心理。在孩子们都想拥有月亮的时候，奶奶抓住了孩子的心理，告诉他们“月亮是每一个人的”，将寻月行动推向了小河。满怀好奇心的孩子们来到河边，不仅河里有月亮，连孩子们的眼睛里也出现了月亮。接着在沙滩上又展开了一场关于“月亮是个什么”的讨论。弟弟说“月亮是我所要的”，妹妹讲“月亮是个好”，奶奶说：月亮是我们的，是属于每个人的。几个孩子在奶奶的话里拥有了月亮，拥有了天空。奶奶的这句话尽传精神，散文意境升华。至此“水到渠成，天机自露”：美好的东西无处不在，关键在于你是否执着地去寻觅。

在《月迹》这篇散文里，“月亮”这一具体的艺术形象有着天然去雕饰的纯真之美，只是用“白光”“玉玉的”“银银的”等间接素淡之词，没有任何夸张，却有着大自然淡而有味、纯而不腻的韵味，颇有中国古典文化的深邃风骨。

贾平凹的散文创作在艺术上追求传统的空与灵，在徐开徐合、平实自然的阴柔美中，充盈着质朴厚实的艺术魅力。本文是一篇清新恬淡、含蓄隽美、富有诗意的散文。

（李海燕）

陪考一日

莫言

7 月 6 日晚，带着书、衣服、药品、食物等诸多在这三天里有可能用得着的东西，我们搭出租车去赶考。我们很幸运，女儿的考场排在本校，而且提前在校内培训中心定了一个有空调的房间，这样既是熟悉的环境，又免除了来回奔波之苦。信佛的妻子说：这是佛祖的保佑啊！我也说，是的，这是佛祖的保佑。坐在出租车上，看到车牌照上的号码尾数是 575，心中暗喜，也许就能考 575 分，那样上个重点大学就没有问题了。车在路口等灯时，侧目一看旁边的车，车牌的尾数是 268，心里顿时沉重起来。如果考 268 分那就糟透了。赶快看后边的车牌尾数，是 629，心中大喜，但转念一想，女儿极不喜欢理科而学了理科，二模只模了 540 分，怎么可能考 629？能考 575 就是天大的喜事了。

车过了三环路，看到一些学生和家长背包提篮地向几家为高考学生开了特价房间的大饭店拥去。虽说是特价，但每天还是要 400 元，而我们租的房间只要 120 元。在这样的时刻，钱是小事，关键是这些大饭店距考场还有一段搭车不值、步行又嫌远的尴尬距离，而我们的房间距考场只有 100 米！我心中满是感动，为了这好运气。

安顿好行李后，女儿马上伏案复习语文，说是“临阵磨枪，不快也光”。我劝她看看电视，或者到校园里转转，她不肯。一直复习到深夜十一点，在我的反复劝说下，才熄灯上床。上了床也睡不着，一会儿说忘了《墙头马上》是谁的作品，一会儿又问高尔基到底是俄国作家还是苏联作家。我索性装睡不搭她的话，心中暗暗盘算，要不要给她吃安定片。不给她吃怕折腾一夜不睡，给她吃又怕影响了脑子。终于听到她打起了轻微的鼾，不敢开灯看表，估计已是零点多了。

凌晨，窗外的杨树上，成群的麻雀齐声噪叫，然后便是喜鹊喳喳地大叫。我生怕鸟叫声把她吵醒，但她已经醒了。看看表，才四点多钟。这孩子平时特别贪睡，别说几声鸟叫，就是在她耳边放鞭炮也惊不醒，常常是她妈搬着她的脖子把她搬起来，一松手，她随即躺下又睡过去了，但现在几声鸟叫就把她惊醒了。拉开窗帘，看到外边天已大亮，麻雀不叫了，喜鹊还在叫。我心中欢喜，因为喜鹊叫是个好兆头。女儿洗了一把脸又开始复习，我知道劝也没用，干脆就不说什么了。离考试还有四个半小时，我很担心到上考场时她已经很疲倦，心中十分着急。

早饭就在学校食堂里吃，这个平时胃口很好的孩子此时一点胃口也没有。饭后，劝她在校园里转转，刚转了几分钟，她说还有许多问题没有搞清楚，然后又匆匆上楼去复习。从七点开始，她就一趟趟地跑卫生间。我想起了我的奶奶。当年闹日本的时候，一听说日本鬼子来了，我奶奶就往厕所跑。解放后许多年了，我们恶作剧，大喊一声：鬼子来了！我奶奶马上就脸色苍白，提着裤子往厕所跑去。唉，这高考竟然像日本鬼子一样可怕了。

终于熬到了八点二十分，学校里的大喇叭开始广播考生须知。我送女儿去考场，看到从培训中心到考场的路上拉起了一条红线，家长只许送到线外。女儿过了线，去向她学校的带队老师报到。

八点三十分，考生开始入场。我远远地看到穿着红裙子的女儿随着成群的考生拥进大楼，终于消失了。距离正式开考还有一段时间，但方才还熙熙攘攘的校园内已经安静了下来，杨树上的蝉鸣变得格外刺耳。一位穿着黄军裤的家长仰脸望望，说：北京啥时候有了这玩意儿？另一位戴眼镜的家长说：应该让学校把它们赶走。又有人说：没那么悬乎，考起来他们什么也听不到的。正说着蝉的事，看到一个手提着考试袋的小胖子大摇大摆地走了过来。人们几乎是一起看表，发现离开考还有不到十分钟了。几个带队的老师迎着那小胖子跑过来，好像是责怪他来得太晚了。但那小胖子抬腕看看表，依然是不慌不忙地、大摇大摆地向考场走。家长们都被这个小子从容不迫的气度所折服。有的说，这孩子，如果不是个最好的学生，就是一个最坏的学生。穿黄裤子的家长说，不管是好学生还是坏学生，他的心理素质绝对好，这样的孩子长大了可以当军队的指挥官。大家正议论着，就听到从学校大门外传来一阵低声的喧哗。于是都把身体探过红线，歪头往大门口望去，只见两个汉子架着一个身体瘦弱的男生，急急忙忙地跑了进来。那男生的腿就像没了骨头似的在地上拖拉着，脖子歪到一边，似乎支撑不了脑袋的重量。一个中年妇女——显然是母亲——紧跟在男孩的身后，手里拿着考试袋，还有毛巾药品之类的东西，一边小跑着，一边抬起胳膊擦着脸上的汗水与泪水。一群老师从考试大楼里跑出来，把男孩从那两个男人手里接应过去，那位母亲也被拦挡在考试大楼之外。红线外的我们，一个个都很感慨很同情的样子，有的叹气，有的低声咕哝着什么。我的觉悟不高，心中有对这个带病参加考试的男生的同情，但更多的是暗自庆幸，不管怎么说，我的女儿已经平平安安地坐在考场里，现在已经拿起笔来开始答题了吧。考试正式开始了，蝉声使校园里显得格外安静。我们这些住在培训中心的幸运家长，站在树阴里，看到那些聚集在大门外强烈阳光里的家长们，心中又是一番感慨。因为我们事先知道了培训中心对外营业的消息，因为我们花了每天 120 元钱，我们就可以站在树阴里看着那些站在烈日下的与我们身份一样的人。可见世界上的事情，绝对的公平是不存在的，譬如这高考，本身也存在着很多不公平，但它比当年的推荐工农兵大学生是公平得多了。对广大的老百姓的孩子来说，高考是最好的方式，任何不经过考试的方式，譬如保送，譬如推荐，譬如各种加分，都存在着暗箱操作的可能性。

有的家长回房间里去了，但大多数的家长还站在那里说话，话题飘忽不定，一会儿说天气，说北京成了非洲了，成了印度了，一会儿又说当年的高考是如何的随便，不像现在的如临大敌。学校的保安过来干涉，让家长们不要在校园内说话，家长们很顺从地散开了。

将近十一点半时，家长们都把着红线，眼巴巴地望着考试大楼。大喇叭响起来，说时间到了，请考生们立即停止书写，把卷子整理好放在桌子上。女儿的年级主任跑过来，兴奋地对我说：莫先生，有一道 18 分的题与我们海淀区二模卷子上的题几乎一样！家长们也随着兴奋起来。一位不知是哪个学校的带队老师说：行了，明年海淀区的教参书又要大卖了。

学生们从大楼里拥出来。我发现了女儿，远远地看到她走得很昂扬，心中感到有了一点底。看清了她脸上的笑意，心中更加欣慰。迎住她，听她说：感觉好极了，一进考场就感到心中十分宁静，作文写得很好，题目是“天上一轮绿月亮”。

下午考化学，散场时，大多数孩子都是喜笑颜开，都说今年的化学题出得比较容易，女儿自觉考得也不错。第一天大获全胜，赶快打电话往家报告喜讯。晚饭后，女儿开始复习数学，直至十一点。临睡前，她突然说：爸爸，下午的化学考卷上，有一道题，说“原未溶解……”我审题时，以为卷子印错，在“原未”的“未”字上用铅笔写了一个“来”字，忘记擦去了。我说这有什么关系？她突然紧张起来，说监考老师说，不许在卷子上做任何记号，做了记号的就当作弊卷处理，得零分。我说你这算什么记号？如果这也算记号，那作文题目是不是也算记号？另外，即便算记号，你知道谁来判你的卷子？她听不进我的话，心情越来越坏，说我完了，化学要得零分了。我说，我说了你不信，你可以打电话问问你的老师，听听她怎么说。她给老师打通了电话，一边诉说一边哭。老师也说没有事。但她还是不放心。无奈，我又给山东老家在中学当校长的大哥打电话，让他劝说。总算是不哭了，但心中还是放不下，说我们是在安慰她。我说：退一万步说，他们把我们的卷子当成了作弊卷，给了零分，我们一定要上诉，跟他们打官司。爸爸认识不少报社的人，可以借助媒体的力量，把官司打赢……

凌晨一点钟，女儿心事重重地睡着了。我躺在床上，暗暗地祷告着：佛祖保佑，让孩子一觉睡到八点，但愿她把化学卷子的事忘记，全身心地投入到明天的考试中去。明天上午考数学，下午物理，这两项都是她的弱项……

作者简介

莫言（1955—　），著名作家，2012年诺贝尔文学奖获得者。著有小说《丰乳肥臀》《红高粱家族》《透明的红萝卜》，散文《会唱歌的墙》《卖白菜》等。

散文贵在真情的自然迸发流露，一篇好的散文是“情”的艺术，更是“真”的艺术。散文只有具备了“情”这一基本要素，才能感染读者，使读者获取审美震撼。散文只有具备了“真”这一基本要素，才能与读者达成心灵契合，散文的审美价值才会大大提升。读莫言的散文《陪考一日》，我们随处可以感觉到弥漫在篇中角角落落的真挚的亲情，“可怜天下父母心”，这句话在这篇散文中得到了很好的诠释。

莫言是以写小说见长的作家，他善于以奇谲幻动之笔创设本真原始的理想世界，他的《红高粱》《檀香刑》等作品，曾感染了一批又一批的读者。在《陪考一日》这篇散文中，我们看到了莫言文风的另一面，领略了他驾驭散文的纯熟技艺。

《陪考一日》这篇散文顺时性地记录了作者陪同女儿参加高考的经历。由于高考这一全国性考试的特殊性质，所以每到高考时候，社会的方方面面都会予以极大的关注，但最为紧张的莫过于考生及其家长了。散文在紧张的气氛和心理氛围中推进。从打车陪女儿赶考、给女儿预订有空调的房间，到悉心照顾女儿的饮食起居，再到在场外陪同女儿一起度过高考的第一天，所有这些都是信笔写来，自然而流畅，字里行间都站立着一个紧张而揪心的父亲形象，流溢着一种高强度、高密度的焦虑紧张的情绪基调。

散文最出彩的地方是对于家长心理的细腻刻画与细致描写。父母对子女的亲情是世间最珍贵的感情之一。由于孩子参加高考，父母可能比考生自己更加紧张而焦虑。作品开头作者对车牌的一番心理活动，考前家长对蝉声的议论、对喧哗骚动的拉长脖子的张望等，这些写实性细节描写把犹如惊弓之鸟的家长们刻画得栩栩如生，把那颗惊魂未定的关切之心彰显得淋漓尽致。文章中处处充溢着父亲对女儿的呵护与关心之情，特别是一些极细微的亲情流露，既感人至深，又令人啼笑皆非，真正写活了“可怜天下父母心”这句套话和至理。例如，文章中写到，当女儿由于过度紧张，晚上辗转难眠时，作者也是忐忑不安，思绪纷杂，“不给她吃（安定片）怕折腾一夜不睡，给她吃又怕影响脑子”，作者被这样一种矛盾的心理纠缠着，直到“终于听到她打起了轻微的鼾”，作者才稍感宽慰。散文的最后一段更是将这种细微复杂的父爱之情推向了极致，女儿睡去了，“我躺在床上，暗暗地祷告着：佛祖保佑，让孩子一觉睡到八点，但愿她把化学卷子的事忘记，全身心地投入到明天的考试中去。明天上午数学，下午物理，这两项都是她的弱项……”散文至此戛然而止，仿佛把一副生动传神的画面定格在脑海中一样，挥之不去。人们常说父爱无声，但在这里，作者却把它表现得细致而博大，绵密而冗长的爱细致传神地挥洒 出圆润而丰实的诗性光芒。

《陪考一日》这篇散文语言平白晓畅，感情充沛而真实，不施铅华而才情迸发，结构浑然天成，没有丝毫做作牵强之感。在紧张的作品氛围当中，不时蹦出几句幽默言语，对紧张的气氛予以消解，这些充分体现出作为小说大家的莫言驾驭文字的深厚功底。

（仕永波）

德加眼中的芭蕾舞女

铁凝

我的中学时代基本上是一个不崇尚读书的时代，不特别注重学生功课好坏。再说，好又如何？因为没有大学可念，我们毕业后的前途，多半是去乡村务农。仿佛就是为着务农，初中二年级时学校还开了一门“农业”课，有很多化肥的内容，氮、磷、钾、人粪尿什么的。可以想见学生对待这门课的不认真态度。那么，我们的注意力到底在哪里呢？那时各年级几乎都有毛泽东思想宣传队，用文艺节目的形式宣传毛泽东思想。年级和班级之间经常搞些文艺演出，再显赫些，还能参加市一级的中学生汇演。对待功课的不认真，促成了文艺活动的空前“繁荣”，加之工厂、军队的文艺团体也经常到学校来挑选文艺人才，如果被选中，我们的前途将不再是乡村，这对许多学生实在是太大的吸引，相当一批同学都盼望尽快发现自己身上的文艺细胞。很快我就热衷于宣传队的活动了，宣传队能释放我充沛的精力，能满足我小小的希望单调的服装有所变化的虚荣心，能让我接近我所热爱的舞蹈。

我热爱舞蹈，尤其是芭蕾舞。那个年代中国惟一的也是最著名的两部芭蕾舞剧《白毛女》和《红色娘子军》拍成电影之后，可以使我这个生活在中等城市的小观众不厌其烦地看个没完，这期间我们城市的专业文艺团体也正努力试着上演这两出难度很大的舞剧。不过内心里我瞧不上这外省的芭蕾，这里的芭蕾舞演员大多是由民族舞半路改行的，缺乏扎实的基本功。我最崇拜在上海芭蕾舞团的《白毛女》里跳“白毛女”的那个名叫石钟琴的女演员，那时如果有人要我挑出世间最完美的一个女人，我就会说是石钟琴。我还收集各种各样的芭蕾舞剧照，从家中残存的那些旧画报上寻找她们的蛛丝马迹。英国的，法国的，日本的，前苏联的，古巴的……我把这些国家的演出剧照从画报上剪下来，粘贴在一个 16 开的硬皮本子上，经常独自欣赏或独自模仿。不久，我的家庭还认识了来自北京铁道部文工团的一位芭蕾舞教师，这教师姓张，在他们团的《红色娘子军》中跳过洪常青的，我叫他张老师。张老师是随文工团到我们城市的一所监狱进行思想改造的，时间大约一年。当然，监狱并没有把他们当成犯人，他们在这里过着半军事化的集体生活，除去周末，平常的行动是不自由的。不知我的父母怎样认识了张老师，总之他们认识了并且相处得很好。现在想来，那是一种知识分子间的同病相怜吧。张老师经过了一周的学习、劳动后，周末来到我家，能吃一顿比平常的伙食可口的饭菜，能让紧张的神经暂时放松一下。张老师就在这样的日子里对我进行了芭蕾舞最初的基本功训练，站位，踢腿，一些旋转……让我激动不已的是，他还送给我一双芭蕾舞鞋。那时他们也经常在改造思想之余为监狱的干部职工演出，这鞋一定是他从女演员那里“偷”出来的。当我第一次穿上那双淡绿色的、鞋尖填有软木的芭蕾舞鞋，用脚尖站立起来时，我有一种自己高于一切的感觉。我不能不认为，芭蕾舞是一切舞蹈中的舞蹈。它是如此高雅，如此超凡脱俗。我把芭蕾舞鞋带到学校，立刻被毛泽东思想宣传队的同学们所羡慕。我忘乎所以地认为，我能够成为一名芭蕾舞演员。我在张老师指导下的练功还算刻苦，后来还曾被一个部队文工团选中。虽然我最终没有去专业团体跳舞，但我一直感谢那位和蔼的张老师对我的舞蹈训练，这训练使我对自己的身体充满自信，使我在那个不强调女性特征的年代里也敢于挺起自己的胸。还有对美的辨认，对生活的爱。认识德加也是从这时开始的。

德加一生有少数几个常画不衰的重要题材，芭蕾舞演员便是其中之一。最初我并不喜欢德加对芭蕾舞演员的描绘，他的描绘让我感到困惑。他笔下的芭蕾舞演员没有挺拔、傲然的身姿，典雅、飘逸的舞步和仙女样的容貌。她们的面孔多半是模糊的，神情多半是倦怠的，身材也谈不上婀娜，甚至给人畸形之感。比如《舞蹈教室》，那拄棍而立的老师和学生之间分明是一种紧张并且对立的关系。那教师心中是有火气的，而学生们却显得心不在焉。有人在说话，画面左侧那个女生在挠后背，还有人在东张西望。在这里你看不见舞蹈的神圣，有的只是一些不情愿的动作。年少无知的我以为这德加不是不懂芭蕾舞就是不会表现芭蕾舞，我尤其不能容忍的是，他把那些女孩子的腿都画得那么短。这和我收集的那些剧照相差那么遥远啊。

成年之后我又看德加，还是同样的那几幅画，我却被深深打动了。是因为我有了一些写作的经历，知道了一些写作历程的艰辛么？是因为我有了一些生活的经验，知道了一点生活在本质上的不容易么？德加的时代，在巴黎的上流社会，观赏芭蕾舞是一种流行的消遣。剧院的观众可以自由出入舞者的更衣室和舞台两侧，还可以看预演。这使出身上层的德加能够深入了解舞台大幕背后的舞者。那些从七八岁就开始习舞的女孩子，多半出身低微，为了争取比较长久的演出，挣得比较稳定的薪水，她们必然进行极其艰苦的训练。这艰苦的内涵也是复杂的，一些女孩子很可能还盼望在来往于后台的观众里找到自己可以以身相许的丈夫。这就是德加的视角，他近于冷酷地拂去了芭蕾舞公众性的优雅、超凡的那一面，他强调它枯燥、乏味的而又无休无止的训练，他抓取的是舞者背对观众时的那些更加生活化、私人化的极其真实的“偶然瞬间”。《舞蹈教室》《舞台上的舞者》和其他作品里都有这样的“偶然瞬间”，在这样的瞬间里，舞者的疲乏和劳累是显而易见的，这时我才有点明白为什么德加把芭蕾舞女的腿都画得偏短并有一种僵硬感。那像是过度的压力所致，那也就暗喻了德加对艺术本质的看法：艺术和生命都是寂寞的，在所有艺术的后台上永远有着数不清的高难度的训练，数不清的预演、排练，数不清的单调、乏味的过程。即使在《舞台上的舞者》这样的表现正式演出的画面上，我们仍然能够从德加精心构图的俯视角度，在短暂欣赏了舞者那华丽的轻盈欲飞的舞姿之后，立刻发觉隐在侧幕内的一个露出一半的黑衣男人。那就是舞蹈质量的监视者吧，他使画面呈现一种不稳定的拘谨氛围，使观众从瞬间的超然回到了活生生的世俗。在德加眼里，最高雅的芭蕾舞演员和最凡俗的烫衣女工之间并没有太大差异，她们都是劳动着的人，她们为生存付出着超常的体力。在《烫衣女工》里，那个毫不掩饰地打着哈欠的女工，很容易让人想起那些疲倦地整理着舞衣的芭蕾舞女。

德加的冷静、挑剔和他对芭蕾舞演员入木三分的挖掘、刻画，彻底“破坏”了少年时我对艺术那虚无缥缈的肤浅理解。我想，少年时我对芭蕾舞的梦想毕竟是更多地追逐它那华丽而又神秘的一面，我从来就没有为它的枯燥和受罪做过准备。所有的艺术都是永无休止的劳动，而劳动本身是不分高雅和低俗的。当我坐在桌前面对白纸开始我的劳动时，德加的《烫衣女工》有时候会出现在我眼前。

作者简介

铁凝（1957— ），著名作家。著有散文集《女人的白夜》，小说《玫瑰门》《无雨之城》《大浴女》《对面》《永远有多远》《没有纽扣的红衬衫》等。

普通人眼中的芭蕾舞女是婀娜、挺拔、俊秀、典雅的，而大艺术家眼中的芭蕾舞女却不尽然全是美好的。铁凝在这篇散文中为我们阐释了遮蔽在华彩艺术光环下的本质的东西，她以巧妙的结构，真挚的情感，朴素的文字传达出诸多的信息，启发我们对女性、人生以及艺术等作出深思。

众所周知，铁凝写了许多为人所赞誉的小说作品，在小说中她惯用的手法是以较小的角度切入，而展露、揭示出宽广的内容。有人称之为“瓮式结构”。这篇散文亦运用了这种具有独特艺术魅力的结构。本文作者以少女时代对芭蕾舞的痴迷为切入口，这是一个普通甚至是有些俗套的角度，而以下部分却是别有一番洞天：内容纷繁，蕴含丰厚。有个人成长历程，也有特殊时代的剪影，更有富有哲思的深化与升华。纯真烂漫的少女时代是处在“文革”的特殊时代，酷爱芭蕾的她只能满足于搜集图片、不厌地观看仅有的两部舞剧，激动不已于一双舞鞋，因为那是一个不崇尚美、不强调女性特征的时代。德加的画当然让她不解。成年后懂得了生活与艺术，再看德加，从中看到的不仅有那个等级分化的巴黎社会，还有更为深刻的艺术观与人生观。至此，少年时代从德加画中得出的感性评价与成年后从中读出的理性审视的鲜明反差，少女时代对华丽而神秘艺术梦想的痴迷与当下对艺术无休止枯燥与辛劳的体悟，外在的优雅与内在深彻的疼痛……作者都以纤细的笔触掘出，并掘向社会、历史、人生、艺术的纵深层面，使众多扑面而来的信息纷繁而深厚，整齐而韵致。正是瓮式结构的运用，使文本中所蕴藏的这些主题空间具有了巨大的张力，从而拓展了审美的内蕴深度，又增加了审美阅读的美感期待。

感受与体味是作者的运思方式，叹息与沉思则是她的情感底色。在对少年所处那个时代的描绘中，不动声色地流露出的那份感喟与伤感，不能不使每个有历史责任感的读者叹息与感动，为那个时代中的女性、知识分子、青年们叹息，更为那个时代叹息，也为作者对历史的那种宽容与怜悯所感动。成年以后作者对德加态度的转变，对德加艺术观的概括与透彻领悟，让人不禁在敬佩作者艺术洞察力的同时掩卷沉思：德加的伟大何在？艺术的魅力如何开掘？当下的艺术走向何方？……文中所流露出的作者一贯的对女性和人性的思考与关注，也让每个关心女性命运、关心人类的人作出思考。文中结尾处对德加的艺术观所做的升华更令人赞叹，“所有的艺术都是永无休止的劳动，而劳动本身是不分高雅和低俗的。”把艺术从高高在上的神坛上拉回到平民大众之中，把创作与女工劳作相提并论，这样的胸襟让人敬佩亦让人惊叹之余作潜入的思索。

总之，从《德加眼中的芭蕾舞女》中，我们既看到了作者少女时代的纯真与烂漫，成年后的深刻与慧思，又对历史上特殊的时代有了更透彻的认知，更体会到作者的智慧与非凡，同时又读懂了德加，对艺术有了一种更为深刻与全新的领悟。

（董国艳）

外国卷

到尼亚加拉大瀑布

[英国] 狄更斯

那一天的天气寒冷潮湿，着实苦人；凄雾浓重，几欲成滴，树木在这个北国里还都枝柯赤裸，完全冬意。不论多会儿，只要车一停下来，我就侧耳静听，看是否能听到瀑布的吼声，同时还不断地往我认为一定是瀑布所在那方面死乞白赖地看；我所以知道瀑布就在那一方面，因为我看见河水滚滚朝着那儿流去；每一分钟都盼望会有飞溅的浪花出现。恰恰在我们停车以前几分钟内，我看见了两片嵯峨的白云，从地心深处巍巍而出，冉冉而上。当时所见，仅止于此。后来我们到底下了车了；于是我才头一回听到洪流的砰訇，同时觉得大地都在我脚下颤动。

崖岸陡峭，又因为有刚刚下过的雨和化了一半的冰，地上滑溜溜的，所以我自己也不知道我是怎么下去的，不过我却一会儿就站在山根那儿，同两个英国军官（他们也正走过那儿，现在和我到了一块）攀登到一片嶙峋的乱石上了；那时澌渤大作，震耳欲聋，玉花飞溅，蒙目如眯，我全身濡湿，衣履俱透。原来我们正站在美国瀑布[①]的下面。我只能看见巨浸滔天，劈空而下，但是对于这片巨浸的形状和地位，却毫无概念，只渺渺茫茫，感到泉飞水立，浩瀚汪洋而已。

我们坐在小渡船上，从紧在这两个大瀑布前面那条汹涌奔腾的河里过的时候，我才开始感到是怎么回事；不过我却有些目眩心摇，因而领会不到这副光景到底有多博大。一直到我来到平顶岩[2]上看去的时候——哎呀天哪，那样一片飞立倒悬的晶莹碧波！——它的巍巍凛凛，浩瀚峻伟，才在我眼前整个呈现。

于是我感到，我站的地方和造物者多么近了，那时候，那副宏伟的景象，一时之间所给我的印象，同时也就是永永无尽所给我的印象——一瞬的感觉，而又是永久的感觉——是一片和平之感：是心的宁静，是灵的恬适，是对于死者淡泊安详的回忆，是对于永久的安息和永久的幸福恢廓的展望[3]，不掺杂一丁点暗淡之情，不掺杂一丁点恐怖之心。尼亚加拉一下就在我心里留下了深刻的印象——留下了一副美丽的形象；这副形象，一直永世不尽留在我的心头，永远不改变，永远不磨灭，一直到我的心房停止了搏动的时候。

我们在那个神工鬼斧、天魔帝力所创造出来的地方待了十天，在那永久令人不忘的十天里，日常生活中的龃龉和烦恼，如何离我而去，越去越远啊！巨浸的砰訇对于我如何振聋发聩啊！绝迹于尘世之上而却出现于晶莹垂波之中的，是何等的面目[4]啊！在变幻无常、横亘半空的灿烂虹霓四围上下，天使的泪如何玉圆珠明，异彩缤纭，纷飞乱洒，纵翻横出啊！在这种眼泪里，天心帝意，又如何透露而出啊！

我一起始，就跑到了加拿大那一边儿，在那十天里就一直在那儿没动。我从来没再过过河；因为我知道，河那边也有人，而在这种地方，当然不能和不相干的闲杂人掺和。整天往来徘徊，从一切角度，来看这个垂瀑；站在马蹄铁大瀑布的边缘上，看着奔腾的水，在快到崖头的时候，力充劲足，然而却又好像在驰下崖头、投入深渊之前，先停顿一下似的；从河面上往上看，巨涛下涌；攀上邻岭，从树杪间瞭望，看激湍盘旋而前，翻下万丈悬崖；站在下游三英里的巨石森岩下面，看着河水，波涌涡漩，砰訇应答，表面上看不出来它所以这样的原因，实在在河水深处，却受到巨瀑奔腾的骚扰；永远有尼亚加拉当前，看它受日光的蒸腾，受月华的谑逗，夕阳西下中一片红，暮色苍茫中一片灰；白天整天眼里看它，夜里枕上醒来耳里听它：这样的福就够我享的了。

我现在每到平静之时都要想：那片浩瀚汹涌的水，仍旧尽日横冲直滚，飞悬倒洒，砰訇澎渤，雷鸣山崩；那些虹霓仍旧在它下面一百英尺的空中弯亘横跨。太阳照在它上面的时候，它仍旧像玉液金波，晶莹明澈。天色暗淡的时候，它仍旧像玉霰琼雪，纷纷飞洒；像轻屑细末，从白垩质的悬崖峭壁[⑤]上阵阵剥落；像如絮如棉的浓烟，从山腹幽岫里蒸腾喷涌。但是这个滔天的巨浸，在它要往下流去的时候，永远老像要先死去一番似的，从它那深不可测、以水为国的坟里，永远有浪花和迷雾的鬼魂，其大无物可与伦比，其强永远不受降伏，在宇宙还是一片混沌、黑暗还复掩渊面的时候，在匝地的巨浸——水——以前，另一个漫天的巨浸——光——还没经上帝吩咐而一下弥漫宇宙的时候[⑥]，就在这儿森然庄严地呈异显灵。

（张谷若 译）

作者简介

狄更斯（1812—1870），英国批判现实主义小说家，著有《匹克威克外传》《雾都孤儿》《老古玩店》《艰难时世》等。

自然界充满了神奇。在我们人类实践活动无法触及的地方，大自然以其超然的力量彰显着它的伟力和神秘。而当你读过散文《到尼亚加拉大瀑布》之后，你会发现，作家狄更斯显然是能够捕捉到大自然的这种神秘，并能化而成文的为数不多的作家之一。

对于中国的读者来说，“狄更斯”这个名字耳熟能详，他通常是以小说家的面目出现在我们视野中的。但是，作为大文豪，他的散文创作也异常出色，从这篇《到尼亚加拉大瀑布》中就能窥探一二。这是一篇游记散文，而游赏的过程，总要讲求一定的顺序，或者说要有一条线索。本文是以尼亚加拉大瀑布为描写对象，以“盼望－惊现－震撼－敬畏－相融”这一条叙述作者自己与瀑布之间的关系变化和情感感受的线索为主轴，展示着自己的心灵之旅。作者一开始的“盼望”之情就异常强烈：“每一分钟都盼望会有飞溅的浪花出现。”足见其内心渴望之强烈。然则瀑布不期而至，惊现于作者眼前时，又是另一番景象：“那时澌渤大作，震耳欲聋，玉花飞溅，蒙目如眯……我只能看见巨浸滔天，劈空而下……只渺渺茫茫，感到泉飞水立，浩瀚汪洋而已。”在这一番对瀑布的描写和感情抒发之中，作者是由衷地感到震撼并心生敬畏。作者形容这大自然的神奇用了太多具有这样色彩的词：“巍巍凛凛”“浩瀚峻伟”“神工鬼斧”“天魔帝力”。这些词，充分地展现了大自然的浩瀚神奇，并给作者带来了某种从未有过的敬畏和体验。当作者欣赏胜景时，他惊叹于造物者的神奇，并在这一刻与造物者达到心灵相通、情景交融。时间凝固在奔腾的瀑布间，一瞬间焕发出永恒的深意：“是一片和平之感：是心的宁静，是灵的恬适，是对于死者淡泊安详的回忆，是对于永久的安息和永久的幸福恢廓的展望，不掺杂一丁点暗淡之情，不掺杂一丁点恐怖之心。”

这种宏伟的胜景，让人忘掉尘世的喧嚣，归于对生命的思索。生命仅一瞬，而大自然的胜景却绵延不息，生命在自然面前，真的是渺小而又卑微。如果我们把握住大自然伟力的神秘所在，即那种异彩缤纭，纷飞乱洒，纵翻横出，奔流不息的奥秘，那么，我们在短暂的生命旅途中，将会从大自然中获得无穷的力量、激情和一种奋勇向前的精神，在我们短暂的生命中焕发出耀眼的光彩。

在对瀑布的这种观赏中，作者不仅思索着生命，也思索着宇宙的原初。文章最后一段，作者好像从瀑布中找到了宇宙的秘密："但是这个滔天的巨浸，在它要往下流去的时候，永远老像要先死一番似的，从它那深不可测、以水为国的坟里，永远有浪花和迷雾的鬼魂……在宇宙还是一片混沌、黑暗还复掩渊面的时候，在……还没经上帝吩咐而一下弥漫宇宙的时候，就在这儿森然庄严地呈异显灵。"宇宙的原初即是在此刻中交融于一切的时间停滞和情感凝固。壮美的景色、博大的气魄，向人们昭示着宇宙万物的源头和力量所在。

而生命的生死轮回也尽藏其中，不知从什么时间开始，又将在什么时候结束。它就这样显现出来，给人们留下悬而未决的思考。

（蒋 楠）

① 尼亚加拉大瀑布中有山羊岛，分瀑布为二，在美国界内者为美国瀑布，在加拿大界内者为加拿大瀑布，以其形似，也叫马蹄铁瀑布。前者阔1180英尺，高167英尺，后者阔3100英尺，高158英尺。在瀑布边上，河阔4750英尺。尼亚加拉瀑布市，在尼亚加拉河东岸，与瀑布相对。

② 平顶岩：巨岩，从前突起而临尼亚加拉大瀑布。1850年6月下陷，现只存一小部分。

③ 狄更斯的妻妹玛丽·后噶斯（Mary hogarth）有一时期，住在狄更斯家里，为之经理家务，十七岁即夭亡。这儿是狄更斯追念她。林粹（Lindsay）的《狄更斯传》（第132页）引狄更斯的话说："那位亲爱的女孩子（她现埋骨于肯色·格林 Kensal Green，伦敦郊区公墓之一）如能活到现在而和我们一起来到这样远的地方，那我还有什么舍不得的呢？不过我相信，自从她那甜美的颜面在人间消失了以后，她一定到这儿来过无数次。"

④ 这儿的面目，也指玛丽·后噶斯的而言。下句"天使的泪"也为哀悼玛丽而流。前面说，看到大瀑布，觉得和造物者相近。造物者即上帝。善人死后上天堂，在上帝身边。玛丽死后也自然在上帝身边，上帝在瀑布所在之地，则玛丽亦必常到其地，故狄更斯联想及之。

⑤ 英国南部和东南沿海的悬崖峭壁，地质成分是白垩质，远看一片白，最著名的是七姊妹，七个白垩质悬崖罗列。英国古名 Albion（拉丁文意为"白"），也源于此。

⑥《旧约·创世记》第1章第1节到第3节说，起初上帝创造天地，宇宙是"空虚混沌，渊面黑暗，上帝在渊面行动。上帝说，要有光。于是就有了光"。同书第6章说，上帝降洪水，淹没全世界。

贝多芬百年祭

［英国］萧伯纳

一百年前，一位虽还听得见雷声但已聋得听不见大型交响乐队演奏自己乐曲的五十七岁的倔强的单身老人，最后一次举拳向着咆哮的天空，然后逝去了，还是和他生前一直那样，唐突神灵，蔑视天地。他是反抗性的化身，甚至在街上遇上一位大公和他的随从时也总不免把帽子向下按得紧紧的，然后从他们正中间大踏步直穿而过。他有一架不听话的蒸气轧路机的风度（大多数轧路机还恭顺地听使唤和不那么调皮呢）；他穿衣服之不讲究尤甚于田间的稻草人：事实上有一次他竟被当作流浪汉给抓了起来，因为警察不相信穿得这样破烂的人竟会是一位大作曲家，更不相信这副躯体能容下纯音响世界最奔腾澎湃的灵魂。他的灵魂是伟大的；但是如果我使用了最伟大的字眼，那就是说比汉德尔[①]的灵魂还要伟大，贝多芬自己就会责怪我；而且谁又能自负灵魂比巴哈[②]的还伟大呢？但是说贝多芬的灵魂是最奔腾澎湃的，那可没有一点问题。他的狂风怒涛一般的力量他自己很容易控制住，却常常不愿去控制，这和他狂呼大笑的滑稽诙谐都是别的作曲家作品里找不到的。毛头小伙子们现在一提起切分音好像就是一种使音乐节奏成为最强而有力的新方法，但是在听过贝多芬的第三里昂诺拉前奏曲之后，最狂热的爵士乐听起来也像“少女的祈祷”那样温和了，可以肯定地说，我听过的任何黑人的集体狂欢都不会像贝多芬的第七交响乐最后的乐章那样可以引起最黑最黑的舞蹈家拼了命地跳下去，而也没有另外哪一个作曲家可以先以他的乐曲的阴柔之美使得听众完全融化在缠绵悱恻的境界里，而后突然以铜号的猛烈声音吹向他们，带着嘲讽似的，使他们觉得自己真傻。除了贝多芬，谁也管不住贝多芬；当疯劲上来之后，他总有意不去管住自己，于是也就成为管不住的了。

这样奔腾澎湃，这种有意的散乱无章，这种嘲讽，这样无顾忌的骄纵的不理睬传统的风尚——这些就是使得贝多芬不同于十七和十八世纪谨守法度的其他音乐天才的地方。他是造成法国革命的精神风暴中的一个巨浪。他不认任何人为师，他同行里的先辈莫扎特从小起就是梳洗干净，穿着华丽，在王公贵族面前举止大方的。莫扎特小时候曾为了彭巴杜夫人[3]发脾气说，“这个女人是谁，也不来亲亲我，连皇后都亲我呢”，这种事在贝多芬是不可想象的，因为甚至在他已老到像一头苍熊时，他仍然是一只未经驯服的熊崽子。莫扎特天性文雅，与当时的传统和社会很合拍，但也有灵魂的孤独。莫扎特和格鲁克[4]之文雅就犹如路易十四宫廷之文雅。海顿[5]之文雅就犹如与他同时的最有教养的乡绅之文雅。和他们比起来，贝多芬从社会地位上说就是个不羁的艺术家，一个不穿紧腿裤的激进共和主义者。海顿从不知道什么是嫉妒，曾称呼比他年轻的莫扎特是有史以来最伟大的作曲家，可他就是吃不消贝多芬。莫扎特是更有远见的，他听了贝多芬的演奏后说，“有一天他是要出名的”，但是即使莫扎特活得长些，这两个人恐也难以相处下去。贝多芬对莫扎特有一种出于道德原因的恐怖。莫扎特在他的音乐中给贵族中的浪子唐璜[6]加上了一圈迷人的圣光，然后像一个天生的戏剧家那样运用道德的灵活性又回过来给莎拉斯特罗[7]加上神人的光辉，给他口中的歌词谱上前所未有的、就是出自上帝口中都不会显得不相称的乐调。

贝多芬不是戏剧家；赋予道德以灵活性对他来说就是一种可恶的玩世不恭。他仍然认为莫扎特是大师中的大师（这不是一顶空洞的帽子，它的的确确就是说莫扎特是个为作曲家们欣赏的作曲家，而远不是流行作曲家）；可是莫扎特是穿紧腿裤的宫廷侍从，而贝多芬却是个穿散腿裤的激进共和主义者；同样的，海顿也是穿传统制服的侍从。在贝多芬和他们之间隔着一场法国大革命，划分开了十八世纪和十九世纪。对贝多芬来说，莫扎特不如海顿，因为他把道德当儿戏，用迷人的音乐把罪恶谱成德行般奇妙。如同每一个真正激进共和主义者都具有的，贝多芬身上的清教徒性格使他反对莫扎特，固然，莫扎特曾向他启示了十九世纪音乐的各种创新的可能。由贝多芬上溯到汉德尔，一位和贝多芬同样倔强的老单身汉，把他当作英雄。汉德尔瞧不上莫扎特崇拜的英雄格鲁克，虽然在汉德尔的《弥赛亚》[8]里的田园乐是极为接近格鲁克在他的歌剧《奥非阿》里那些向我们展示出天堂的原野的各个场面的。

因为有了无线电广播，成百万对音乐接触不多的人在他百年祭的今年将第一次听到贝多芬的音乐。充满着照例不加选择地加在大音乐家身上的颂扬话的成百篇的纪念文章将使人们抱有通常少有的期望。像贝多芬同时的人一样，虽然他们可以懂得格鲁克、海顿和莫扎特，但从贝多芬那里得到的不但是一种使他们困惑不解的意想不到的音乐，而且有时候简直听不出是音乐的由管弦乐器发出来的杂乱音响。要解释这也不难。十八世纪的音乐都是舞蹈音乐。舞蹈是由动作起来令人愉快的步子组成的对称样式；舞蹈音乐是不跳舞听起来也令人愉快的由声音组成的对称的样式。这些乐式虽然起初不过像棋盘那样简单，但被展开了，复杂化了，用和声丰富起来了，最后变得类似波斯地毯；而设计像波斯地毯那种乐式的作曲家也就不再期望人们跟着这种音乐跳舞了。要有神巫打旋子的本领，才能跟着莫扎特的交响乐跳舞。有一回，我还真请了两位训练有素的青年舞蹈家跟着莫扎特的一阕前奏曲跳了一次，结果差点没把他们累垮。就是音乐上原来使用的有关舞蹈的名词也慢慢地不用了，人们不再使用包括萨拉班德舞、巴万宫廷舞、加伏特舞和快步舞等等在内的组曲形式，而把自己的音乐创作表现为奏鸣曲和交响乐，里面所包含的各部分也干脆叫作乐章，每一章都用意大利文记上速度，如快板、柔板、谐谑曲板、急板等等。但在任何时候，从巴哈的序曲到莫扎特的《天神交响乐》，音乐总呈现出一种对称的音响样式给我们以一种舞蹈的乐趣来作为乐曲的形式和基础。

可是音乐的作用并不止于创造悦耳的乐式。它还能表达感情。你能去津津有味地欣赏一张波斯地毯或者听一曲巴哈的序曲，但乐趣只止于此；可是你听了《唐璜》前奏曲之后却不可能不发生一种复杂的心情，它使你心理有准备去面对将淹没那种精致但又是魔鬼式的欢乐的一场可怖的末日悲剧。听莫扎特的《天神交响乐》最后一章时，你会觉得那和贝多芬的第七交响乐的最后乐章一样，都是狂欢的音乐；它用响亮的鼓声奏出如醉如狂的旋律，又从头到尾交织着一开始就有的具有一种不寻常的悲伤之美的乐调，因之更加沁人心脾。莫扎特的这一乐章自始至终是乐式设计的杰作。

但是贝多芬所做到的一点，也使得某些与他同时的伟人不得不把他当作一个疯人。他有时清醒，就出些洋相或者显示出不高的格调，在于他把音乐完全作为表现心情的手段，并且完全不把设计乐式本身作为目的。不错，他一生非常保守地（顺便说一句，这也是激进共和主义者的特点）使用着旧的乐式；但是他加给它们以惊人的活力和激情，包括产生于思想高度的那种最高的激情，使得产生于感觉的激情显得仅仅是感官上的享受，于是他不仅打乱了旧乐式的对称，而且常常使人听不出在感情的风暴之下竟还有什么样式存在着了。他的《英雄交响乐》一开始使用了一个乐式（这是从莫扎特幼年时一个前奏曲里借来的），跟着又用了另外几个很漂亮的乐式；这些乐式被赋予了巨大的内在力量，所以到了乐章的中段，这些乐式就全被不客气地打散了；于是，从只追求乐式的音乐家看来，贝多芬是发了疯了，他抛出了同时使用音阶上所有单音的可怖的和弦。他这么做，只是因为他觉得非如此不可，而且还要求你也觉得非如此不可呢。

以上就是贝多芬之谜的全部。他有能力设计最好的乐式；他能写出使你终身享受不尽的美丽的乐曲；他能挑出那些最枯燥无味的旋律，把它展开得那样引人；使你听上一百次每回也都能发现新东西；一句话，你可以拿所有用来形容以乐式见长的作曲家的话来形容他；但是他的病征，也就是不同于别人之处在于他那激动人的品质，他能使我们激动，并把他那奔放的感情笼罩着我们。 当贝里奥兹⑨听到一位法国作曲家因为贝多芬的音乐使他听了很不舒服而说“我爱听能使我入睡的音乐”时，他非常生气。贝多芬的音乐是使你清醒的音乐；而当你想独自静一会儿的时候，你就怕听他的音乐。

懂了这个，你就从十八世纪前进了一步，也从旧式的跳舞乐队前进了一步（爵士乐，附带说一句，就是贝多芬化了的老式跳舞乐队），不但能懂得贝多芬的音乐，而且也能懂得贝多芬以后的最有深度的音乐了。

（周珏良 译）

作者简介

萧伯纳（1856—1950），英国戏剧作家，1925 年获诺贝尔文学奖，著有《鳏夫的房产》《华伦夫人的职业》《苹果车》等。

本文是英国一代文学大家萧伯纳为纪念站在德国古典音乐顶峰的艺术大师贝多芬而撰写的一篇音乐评论。文章知人论世，写得有见地，有深度，又不乏情感，着实为难得之佳作。

萧伯纳以剧作家著称，同时又具备极高的艺术修养，也是卓越的音乐和绘画评论家。《贝多芬百年祭》一文对贝多芬的创作作了鞭辟入里的分析和十分中肯的评价。他抓住了贝多芬灵魂的精髓，把贝多芬精神中包蕴及其作品中表现出的“反抗性”作为贯穿全文的一条“红线”，字里行间洋溢着一种令人感动和振奋的激情。

萧伯纳没有介绍贝多芬坎坷的一生，而是从两个典型的场景着眼：一是写他临终时依然敢于“唐突神灵，蔑视天地”，在暴风雨的一声响雷中，他“最后一次举拳向着咆哮的天空”；一是写他生时傲视王公贵族，路遇一位大公时，他“总不免把帽子向下按得紧紧的，然后从他们正中间大踏步直穿而过”。透过这两个场景，一个“反抗的化身”卓然于目。接着，作家从贝多芬的衣着风度，从他和前辈作曲家的异同，他的音乐表现出的“狂风怒涛一般的力量”，多方面地表现了他那“奔腾澎湃的灵魂”。

萧伯纳把贝多芬这个“反抗的化身”和莫扎特、海顿作了从思想到创作上的比较。相对于莫扎特的清丽优雅，海顿的质朴清新来说，贝多芬就是“一只未经驯服的熊崽子”，“一个不羁的艺术家”。萧伯纳十分形象地把莫扎特称作“穿紧腿裤的宫廷侍从”，把海顿称作“穿传统制服的侍从”，而贝多芬则是“穿散腿裤的激进共和主义者”。贝多芬不仅是命运的反抗者，受到法国大革命影响的他同时也是“造成法国大革命的精神风暴中的一个巨浪”。萧伯纳精辟地指出：贝多芬和莫扎特、海顿之间隔着一场法国大革命，划分开了18世纪和19世纪，而这种思想深处的差异，正是贝多芬之为贝多芬之处！他的音乐作品不同于18世纪的舞蹈音乐，他的音乐用作了表现心情的手段，并且完全不把设计乐式本身作为目的。因此，萧伯纳说：“从贝多芬那里得到的不但是一处使他们困惑不解的意想不到的音乐，而且有时候简直听不出是音乐的由管弦乐器发出来的杂乱音响。”贝多芬“不同于别人之处正在于他那激动人心的品质”，这“就是贝多芬之谜的全部”。

倾听过贝多芬音乐的人们或许都会感觉到那种在善与恶，光明与黑暗的斗争中迸发出的激情。它悲愤激昂而又生机勃勃，所以，萧伯纳说：“贝多芬的音乐是使你清醒的音乐；而当你想独自静一会儿的时候，你就怕听他的音乐。”

《贝多芬百年祭》不涉及贝多芬坎坷的一生，只侧重分析他的性格和他作品的特色，我们从中感受到了艺术家伟大的激情澎湃的灵魂，他始终没有向命运低头，用狂风激电般的音乐“扼住了命运的咽喉”，驰骋于艺术的圣殿；他那永不屈服的意志和火一样的激情孕育出勃勃的生命力和永不泯灭的光芒。那个永不屈服，永远战斗的“反抗的化身”让人感动、深思、前进……

（吕菲菲）

① 德国出生的英国作曲家（1685—1759）。
② 德国作曲家（1685—1750）。
③ 法国国王路易十五的情妇（1721—1764）。
④ 奥地利作曲家（1714—1787）。
⑤ 奥地利作曲家（1732—1809）。
⑥ 唐璜的传说在17世纪前已流行于欧洲，在那以后他成为许多音乐、文学作品中的主人公。
⑦ 莫扎特的歌剧《魔笛》中的一个代表真理和光明的人物。
⑧ 汉德尔谱写的宗教歌咏大曲。
⑨ 法国作曲家（1803—1869）。

沙漠

[法国] 安·纪德

啊！多少次黎明即起，面向霞光万道、比光轮还明灿的东方——多少次走到绿洲的边缘，那里的最后几棵棕榈枯萎了，生命再也战胜不了沙漠——多少次啊，我把自己的欲望伸向你，沐浴在阳光中的酷热的大漠，正如俯向这无比强烈的耀眼的光源……何等激动的瞻仰、何等强烈的爱恋，才能战胜这沙漠的灼热呢？

不毛之地；冷酷无情之地；热烈赤诚之地；先知神往之地——啊！苦难的沙漠，辉煌的沙漠，我曾狂热地爱过你。

在那时时出现海市蜃楼的北非盐湖上，我看见犹如水面一样的白茫茫盐层。——我知道，湖面上映照着碧空——盐湖湛蓝得好似大海，——但是为什么——会有一簇簇灯芯草，稍远处还会矗立着正在崩坍的页岩峭壁——为什么会有漂浮的船只和远处宫殿的幻象？——所有这些变了形的景物，悬浮在这片臆想的深水之上。（盐湖岸边的气味令人作呕；岸边是可怕的泥灰岩，吸饱了盐分，暑气熏蒸。）

我曾见在朝阳的斜照中，阿马尔卡杜山变成玫瑰色，好像是一种燃烧的物质。

我曾见天边狂风怒吼，飞沙走石，令绿洲气喘吁吁，像一只遭受暴风雨袭击而惊慌失措的航船；绿洲被狂风掀翻。而在小村庄的街道上，瘦骨嶙峋的男人赤身露体，蜷缩着身子，忍受着炙热焦渴的折磨。

我曾见荒凉的旅途上，骆驼的白骨蔽野；那些骆驼因过度疲顿，再难赶路，被商人遗弃了；随即尸体腐烂，缀满苍蝇，散发出恶臭。

我也曾见过这种黄昏：除了鸣虫的尖叫，再也听不到任何歌声。

——我还想谈谈沙漠：

生长细茎针茅的荒漠，游蛇遍地：绿色的原野随风起伏。

乱石的荒漠，不毛之地。页岩熠熠闪光；小虫飞来舞去；灯芯草干枯了。在烈日的暴晒下，一切景物都发出噼噼啪啪的声音。

黏土的荒漠，这里只要有涓滴之水，万物就会充满生机。只要一场雨后，万物就会葱绿。虽然土地过于干旱，难得露出一丝笑容，但这里的青草似乎比别处更嫩更香。由于害怕未待结实就被烈日晒枯，青草都急急忙忙地开花，授粉播香，它们的爱情是急促短暂的。太阳又出来了，大地龟裂、风化，水从各个裂缝里逃遁。大地坼裂得面目全非；大雨滂沱，激流涌进沟里，冲刷着大地；但大地无力挽留住水，依然干涸而绝望。

黄沙漫漫的荒漠，——宛似海浪的流沙；不断移动的沙丘，在远处像金字塔一样指引着商队。登上一座沙丘，便可望见天边另一座沙丘的顶端。

刮起狂风时，商队停下，赶骆驼的人便在骆驼的身边躲避。

黄沙漫漫的荒漠——生命灭绝，唯有风与热的搏动，阴天下雨，沙漠犹如天鹅绒一般柔软，夕照中，则像燃烧的火焰；而到清晨，又似化为灰烬。沙丘间是白色的谷壑，我们骑马穿过，每个足迹都立即被尘沙所覆盖。由于疲顿不堪，每到一座沙丘，我们总感到难以跨越了。

黄沙漫漫的荒漠啊，我早就应当狂热地爱你！但愿你最小的尘粒在它微小的空间，也能映现宇宙的整体！微尘啊，你忆起何种生活，从何种爱情中分离出来？微尘也想得到人的赞颂。

我的灵魂，你曾在黄沙上看到什么？

白骨——空的贝壳……

一天早上，我们来到一座高高的沙丘脚下避阴。我们坐下；那里还算阴凉，悄然长着灯芯草。

至于黑夜，茫茫黑夜，我能谈些什么呢？

这是一次缓慢的航行。

海浪输却沙丘三分蓝，

胜似天空一片光。

——我熟悉这样的夜晚，似乎觉得一颗颗明星格外璀璨。

（冯寿农 张 驰译）

作者简介

安·纪德（1869—1951），法国著名作家，著有《田园交响曲》《伪币制造者》等。1947年获诺贝尔文学奖。

如果流连于明山净水间是生活的一种享受，那么，到沙漠中去又会是一种什么样的感受呢？提到沙漠，人们便会很自然地想到浩瀚无垠的沙丘，历经沧桑的感觉会油然而生，心中不由会涌起沉重和荒凉，很少有欢快跳跃的敏感，也少有浪漫丰富的生活想象。

可法国作家纪德在他的散文《沙漠》里却唱响了一曲悦耳、激昂的大漠之歌。在歌声里，你能听出作者热情赞颂大漠的激昂旋律，对百无聊赖的生存境遇的感叹，以及敢于与生命挑战的美好憧憬。作者以博大的情怀纵观宇宙，用微小的颗粒感悟人生。

《沙漠》是一组精雕细琢的精美图画，作者在开篇中即感叹“苦难的沙漠，辉煌的沙漠”，接着用丰富的意象勾勒出大漠的雄浑、悲壮、凄凉，这组图的结构顺序是：大漠中的海市蜃楼，大漠风暴中的飞沙走石，荒凉路上的累累白骨，寂寥无声的凄凄荒漠，有生命和无生命的大漠及在大漠中的所思所想。通过对实景的描述，幻想中情感的抒发，达到了一种很高的人生思想境界。

这篇散文用诗一般的语言直抒情怀，表现出作者热爱沙漠、热爱大自然的强烈情感，作者饱满的热情都倾注于沙漠的自然景物中，用黎明、霞光、绿洲、棕榈来表现对自然的神往，把强烈的爱延伸到“光源”中，尽管这里是不毛之地、冷酷无情之地，但作者那狂热的爱，紧紧追随着大漠之魂。

沙漠的荒凉，应该是令人恐惧的、绝望的，但作者却在荒凉恐怖之上看到了美丽、富有诗意的景观。

只有心中有着美好向往的人才能在如此险恶的环境下，保持这般积极的、乐观的心态，否则意志早被沙漠的恶劣环境所吞没，心情早已在黑夜里哀哀哭泣了！“我的灵魂，你曾在黄沙上看到什么？白骨——空的贝壳？”朋友，你又在沙漠中看到了什么呢？

（葛亮亮）

松鼠

［法国］科莱特

战前，我有一只松鼠。它原先的主人在我上车的时候很巧妙地把它作为礼物悄悄塞进我的大衣口袋里，当时我已经相继欣赏然而谢绝了一头滑头滑脑、气味浓重的北美浣熊，一只年满一岁的豹猫，一头四个月大的小母狮和一只像生菜盆一般大、人家向我保证会伸出爪子的名叫阿纳托尔的癞蛤蟆。

我曾在别处说起过这头巴西松鼠，它全身呈深铜绿色，翘起的尾巴顶端和腹部则是红色的。兴许我这样描绘它还早了点儿，其实我对它并没有一个基本的了解，因为，那时我把它叫作“母松鼠”和丽科特。比我聪明的人恐怕也全弄错的……

我一开始就觉察到皮蒂里基确实野性十足，换句话说，它对于人一无所知，竟以为可以无所顾忌。它的身上燃烧着一颗海盗和山大王的灵魂，并在它那站起来才二十二公分长的身体内随意地表现出来。

第一天，它就把波斯猫吓得直哆嗦，而巴儿狗在它面前竟说不出话来。瞧着这个快快活活、疯疯癫癫的家伙一本正经地坐在椅子靠背上，瞪着那双像羚羊般椭圆形眼睛盯着每一样东西，谁会不发抖呢？它一边口中咂咂作响，一边摇晃它那镶有一条“绦带”的可爱的圆耳朵，把榛子壳和它的威风胡乱撒向我那些惊愕不已的小动物。

第一天，它喝牛奶，在我的头发上蹭干净两只手，然后模仿松鸦的叫声，往空中蹦跳。它沿着天花板的突饰奔跑，过一会儿，又趴在一块路易十六时代的地毯上，把一个戴头盔的半裸人物的鼻子吃掉。不过，它并不认为我会惩罚它，又回到我的肩上，梳理我的头发，把冰冷而友好的小鼻子、肉乎乎的舌头在我耳朵下方蹭，它那独特的气息散发出麝香的芬芳。

“它挺好看，可是……它对人亲热吗？”我的男女朋友这么问道。

我觉得，他们这样直截了当地提出问题真放肆，他们的问题总是同样的问题。多么苛刻，而且，对待动物多么卑劣……“有来有往”，可我们又给了些什么呢？一点儿食物，——和一条锁链。

“拴住它，它抓了一团毛线！”

一条在皮蒂里基童年时就箍在它腰周围的锁链磨损了它的毛皮。它那如羽毛般轻盈、如火焰般闪烁、翘在空中的尾巴在跳来跳去时便发出一种如苦役犯戴的镣铐的声音。

“抓住它，把它拴住，它把糖果盒拿走啦！”

它被缚住之后，就把手指长长的手，那一天要洗十次，保养得很好的手塞进钢制腰带和肋部之间，陷入沉思。当我带它去乡间时，我恍然大悟，直到那时，它一直过的是沉闷的城市生活。它没有立刻走出敞开的笼门。它把一双手紧紧贴在胸前，出神地凝视着由花园、草地和大海构成的一片无边的绿色，身体则有规律地颤栗，我只能把这种颤栗比作生命垂危的蝴蝶的抖动。它的美丽的、如一颗泪珠般凸起的眼睛里映出一片绿色。不过，皮蒂里基已经与我们一道生活了相当的时间，并不指望有过分的恩赐。我牵住链子的另一端，它便随我一起在草坪上行走。在草地上，它干净利落地小便，采摘一粒粒黑色的野果籽。然后，它用前肢攫住一棵鲜花盛开的女贞树底部的枝丫，发疯似的摇晃它，咬住它，仿佛要看看这树枝是不是活的。

这时，它瞧见空中飞过的鸟儿，便伸长脖子向鸟儿致意，这一举动几乎使它离了地面……

然而，那时候它只有一条稍长的锁链。难道不该提防野猫、狗、寒夜，尤其是我放养的四只来回盘旋瞭望的雀鹰吗？那些自由自在地走动的动物渐渐走近它，有时使它亢奋，有时惹它恼怒。它遇见一条脆蛇蜴，耳朵之间的前额上便立即堆起皱纹，竖起了脖子和尾巴的簇毛，血丝也蒙上了暗色水晶一样的眼睛。在我起来调解之前，皮蒂里基已经翻了个空心筋斗，像只好斗的公鸡在空中打了个旋，那蠕蠕而动、并不伤人的小蛇已然躺在地上，断成两截……

但是，对癞蛤蟆，松鼠只是表现出相当反常的厌恶。有时，它向表皮长满疙瘩的、肥肥的雌性癞蛤蟆伸出爪子，显得挺友好地搔它那脓疱状的脑袋，但是，癞蛤蟆却鼓起了肚子，表示抗拒，皮蒂里基气得眼都红了（确实如此），发出刺耳的喊杀声。

它度过了愉快而又充实的复活节假日，它发胖了。除了我敲开给它的榛子、核桃、杏仁外，它还咬了窗帘、镜框的一角，凿穿了一个银匙，整天把一根葡萄枝搂在怀里走来走去，用嘴唇舔着它，轻盈地在我双肩之间窜来窜去，往我耳朵里吹气，可是，我讨厌它身上那条链子的声音和它柔软光滑的肋部的周围那一小圈被磨损的皮毛。

五六月间，在巴黎我那小小的园子里开满了白洋槐花、杜鹃花和葵花。皮蒂里基关在笼子里，把它的可爱的鼻子挤在两条栏杆之间……我知道，我终将打开笼子，解开它的锁链，而且我会想它的。

我给皮蒂里基以自由的时候，我回想起来正是六月，温煦的微风轻轻吹拂，洋槐花和双瓣樱桃花如一条条雪白的斜线在空气中摇曳，而自由了的松鼠却一动也不动，它两只手交叉，久久地、全神贯注地坐在窗台上。它开始做它的习惯动作，把手塞进腹部和链子之间，但它没找到链子。它笨拙而轻轻地跳了一下，估量那根原先拴它的断链带的确切长度，然后，又试着跳了一下，那时，它只是瞅着我。最后，它不安地咳嗽，急急地奔跑起来，然后，消失得无影无踪。

暮霭降临时，我叫唤它的名字，但没有用。可是，夜色深沉时，窗台上面响起了松鼠那轻轻的、朴实的干咳声，它呼唤着我，皮蒂里基像主人似的回到房间。它步履蹒跚，因户外的空气、树木、鲜花和海拔高度而为之心醉。它就着盥洗盆的水嘴畅饮，用一双手梳洗一番，准备床铺——那个它每天晚上打开，然后又裹在身上的毛线团，像粗汉那样嘟囔："我的床！他妈的，我的床！"夜里，它乱梦萦绕。第二天，我又见到它自由自在地坐在窗边，等待着折断那条其实已不再存在的链子……

那天，它没有离开花园。在杜鹃花、洋槐花丛中，在我那低矮的房子的天沟里，重又开始像人间天堂一般的生活。一群飞来飞去的燕子和麻雀围着皮蒂里基，对它鸣叫，时而用喙吸它，它便咕叽不休，开始蹦蹦跳跳，鸟儿们见它这样，噼噼啪啪地像鼓掌似的舞动翅膀。它欣喜若狂，忘乎所以，追逐我那宝贝猫，把猫从洋槐树那儿撵走，它得意扬扬，像洗瓶毛刷那样蹲在洋槐树上，一脸满不在乎、睥睨万物的神态："现在，轮到谁啦？"

放假了，我们管不着它啦……皮蒂里基来到花园，在三条小径环绕的几幢住房附近玩耍。它远没失去爱交际的性情，甚至还向那儿的居民施展自己的社交影响，于是，便有人来告诉我：

"皮蒂里基在尼古罗街午餐，吃了高脚盘里的核桃和一些葡萄干……"

"皮蒂里基在维塔尔街躺了两个小时。它坐在钢琴上，听小姑娘学唱歌……"

"有人从埃格隆·勒鲁太太家来，说要看看皮蒂里基有没有带来一把镶银的玳瑁小梳子，它是从小梳妆台上拿走的。埃格隆·勒鲁太太说，如果找不到，也没关系……”

它每天早出晚归，精力充沛，皮毛光亮，因为获得自由的缘故，甚至因为感恩的缘故，它显得神采奕奕，它从不忘记回家，从不忘记向我滥施松鼠式的爱抚和亲吻。这重新开始的世界，这一平衡状态，这野生动物和我们之间的纯洁关系，持续了两三个星期。一天晚上，皮蒂里基没有回来，后来的晚上也没有再回来。我确信，人类的双手又重新攫住了它，攫住它的毛皮，它用来滑跳的柔软的后爪，它那为了伸出脑袋让人抚摸而贴在两侧的耳朵。

正是因为想起皮蒂里基，想起那些生活在我们中间感到别扭，因而悲伤地隐居起来的其他野生动物，我才常常体味到“对人的厌恶”。

（谭立德 译）

作者简介

科莱特（1873—1954），法国著名女作家，著有《克罗蒂娜》《感情收敛》《亲爱的》等。

科莱特的作品充满女性特有的细腻和柔情，尤其是其散文，精巧灵动，情致悠长，其中所表现的人和动物的和谐相处，人与动物的深厚情感令人回味无穷，感慨良多，《松鼠》就是这样一篇佳作。

《松鼠》刻画了作家战前所拥有的一只宛若鬼精灵的巴西母松鼠，其描写既面面俱到又细致入微。作家用细致的笔触写到了松鼠的皮毛、眉眼、举止、习性，甚至于灵魂——一颗海盗和山大王的灵魂。从入住第一天的肆意到被缚后的忧伤再到重获自由时的欢愉，这只被唤作皮蒂里基的松鼠在作家的娓娓道来中跃然纸上，仿佛就在我们身边稚拙、娇憨、蛮横、热烈、活跃。随着作家文字的不断涌现，皮蒂里基就在这细腻的描绘中蹦蹦跳跳而来，直至让我们熟悉得连它的咳嗽都清晰可闻。

除却描写的细腻纤致，科莱特的文字同时充满万种柔情。对记忆中的那只松鼠，她也倾注了满腔爱意，那是一种人类对动物的博大宽宏的脉脉温情。她宽容它的任性，同情它过着沉闷的城市生活，并终将其锁链解开，哪怕自此会情不自禁想念和呼唤，当皮蒂里基最终被人类攫住，她忍不住悲伤，深深体味到"对人的厌恶"。作家的文字随着皮蒂里基的欢快而欢快，随着它的忧郁而忧郁。松鼠与作家之间的坦诚相对、愉悦相处不禁令人神往。真是笔墨所至，情意亦至。

作家更为高明之处在于其能娴熟运用比喻的修辞方法将描写的细腻和对松鼠的柔情天衣无缝地巧妙结合。精妙传神又婉转传情的比喻在《松鼠》中比比皆是。"它那如羽毛般轻盈、如火焰般闪烁、翘在空中的尾巴在跳来跳去时便发出一种如苦役犯戴的镣铐的声音"既让读者清晰知道了皮蒂里基尾巴的形态色泽，又让读者深切感觉到作家对被缚的皮蒂里基殷殷的关切和同情；"我只能把这种颤栗比作生命垂危的蝴蝶的抖动"写出了皮蒂里基颤栗时的凄然脆弱，也道出了作家对其的不忍和爱惜；"它的美丽的、如一颗泪珠般凸起的眼睛里映出一片绿色"则让我们看到皮蒂里基和作家的忧伤同在。正是这样不断涌现的比喻使得作家的文字动人心弦。

读完这样一篇美文，任是谁的心弦都会被这样美好的文字和情感所感动，禁不住想拥有这样一只松鼠了，却又是不忍心将它禁锢了。自此，由爱本文中这只松鼠到去爱"那些生活在我们中间感到别扭，因而悲伤地隐居起来的其他野生动物"吧，那定会成为大自然中的一幅绝妙图景。

（丁香伟）

农家

［德国］黑塞

当我重新见到阿尔卑斯山南麓这块福地时，我仿佛总觉得自己从流亡中回到了故乡，仿佛终于又站在我理应站的山的那一边。这里，太阳更亲切，群山更红，这里生长栗子、葡萄、杏仁、无花果，人们善良、友好、彬彬有礼，虽说他们都很贫穷。他们所建造的一切，看来是那么好，那么恰当而可爱，仿佛都是自然生成的。房屋、围墙、葡萄山的石级、道路、种植地和梯田，这一切既不新也不旧，这一切仿佛不是靠劳动建造的，不是用脑筋想出来的，不是巧夺天工的，而是像岩石、树木、苔藓一样自然形成的。葡萄山的围墙、房屋、屋顶，这一切都是由同样的褐色片麻岩石砌成的，这一切相辅相成，像弟兄手足一般。没有一样看来是陌生的、怀有敌意的和粗暴无情的，一切都显得亲切、欢畅和睦邻友好。

你愿坐在哪里就坐在哪里，围墙上，岩石上或者树桩上，草地上或者土地上，全都可以；不论你坐在哪里，你周围都是一幅画和一首诗，你周围的世界汇成优美而幸福的清音。

这里是贫穷农民居住的一个田庄。他们没有牛，只有猪、羊和鸡，他们种植葡萄、玉米、果树和蔬菜。这所房屋全部是石头砌成的，连地板和楼梯也是，两根石柱间一道凿成的石级通往场院。不论在哪里，植物和山头之间，都浮现出蓝色的湖光。

忧和虑仿佛已留在雪山那边了。处在受折磨的人和可憎的事情之间，人们的忧虑实在太多了！在那里，要找到生存的理由，是那么困难，又是那么至关重要。不然的话，人该怎么生活呢？面对真正的不幸，人们煞费苦心，郁郁寡欢。——在这里，不存在难办的问题，生存无须辩护，思索变成了游戏。人们感觉到：世界是美丽的，生命是短暂的。但不是万念皆灭；我想再增一对眼睛，一叶肺。我把双腿伸进草丛里，并希望它们变得更长一些。

我愿成为一个巨人，那样，我就可以把头枕在积雪旁一处高山牧场上的羊群中间，我的脚趾则伸进山下深深的湖中去戏水。我就可以这样躺着，永远不站起来，在我的手指间长出灌木丛，在我的头发里开出杜鹃花，我的双膝变成前山，我的躯体上将建起葡萄山、房屋和小教堂。我就这样躺上千万年，对着天空眨眨眼睛，对着湖水眨眨眼睛。我一打喷嚏，便是一阵雷雨。我呵上一口气，积雪融化，瀑布舞蹈。我死了，整个世界也死了。随后我在宇宙中漂洋过海，去取来一个新的太阳。

这一夜我将睡在哪里？反正都一样！世界在做什么？创造出了新的神，新的法律、新的自由？反正都一样！但是，这儿山上还开着一朵樱草花，叶子上银珠点点，那儿山下的白杨树间，甜蜜的微风在歌唱，在我的眼睛和天空之间，有一只深金色的蜜蜂在嗡嗡乱飞——这可不是一回事。它哼着幸福的歌，它哼着永恒的歌。它的歌是我的世界史。

（佚 名译）

作者简介

黑塞（1877—1962），德国作家、诗人，1946 年获诺贝尔文学奖，著有《彼得·卡门青》《荒原狼》《东方之行》《玻璃球游戏》等。

黑塞是一位瑞士籍的德语作家，因“富有灵感的作品具有遒劲的气势和洞察力，表现了古典人道主义的理想和高尚的艺术风格”而获诺贝尔文学奖。他是一位与众不同的具有浓郁的抒情色彩和浪漫气息的作家，而《农家》则把他的这种独特气质表现得淋漓尽致。

作品一开头就奠定了文章的基本格调：“当我重新见到阿尔卑斯南麓这块福地时，我仿佛总觉得自己从流亡中回到了故乡，仿佛终于又站在我理应站的山的那一边。”亲切的太阳，红红的群山，各种各样的水果，善良友好的人们，让作者有了回家的感觉，优美、兴奋、新奇、亲切包围了“我”，“绿树村边合，青山郭外斜”，一幅恰当而可爱的田园山水画，在我们眼前展现出来。更为重要的，这一切不是人工劳动的巧夺天工，也不是冥思苦想的智慧成果，而就是自然的鬼斧神工，陌生、敌意和粗暴无情离这儿是那么遥远和虚幻。在这里，作家是自由的，心情是舒畅的，因为周围的世界满是“汇成优美而幸福的清音”。

这农家的一切都和城市的烦恼、忧虑、痛苦、折磨形成了一种强烈的对比。在那里，人们煞费苦心却又郁郁寡欢，要生存还需要找到生存的理由，能够面对不幸，却又对不幸无可奈何。人们和时间赛跑，旅行包里收获的只有身心疲惫、伤痕累累。中国伟大的史学家司马迁说过：“夫天者，人之始也；父母者，人之本也。人穷则返本，固劳苦倦极，未尝不呼天也；疾痛惨怛，未尝不呼父母也。”作者风尘仆仆地在城市中来回奔波，但却与周围的价值观念格格不入，人的精神与灵魂随着现代文明的发展不断堕落、下沉，作者这时的精神几乎到了崩溃的边缘，想摆脱周围的不幸与烦恼，只好选择了逃避，逃到了雪山那一边，逃到了阿尔卑斯山脉。

但是，作者不是一个洒脱的人，忧虑并不能随着他的逃避而完全释怀，强烈的人文情怀和责任意识像蚕茧一样把他包裹得密不透气，对生命的关注、对不幸的思考如影随形，既然这样，也无法摆脱命运的纠缠，那只好借助于幻想了。面对阿尔卑斯这样壮观、优美的景色，作者想“再增一对眼睛，一叶肺”，把这些美景全都尽收眼底，把这些清新而又充满生命活力的气息全都吸进肺里，作者需要新鲜的空气来洗掉污浊的濒死的细胞，作者还希望变成一个躺在自然中的“巨人”，他身体的各个部位以及每个动作都深深地打上了自然的烙印：“在我的手指间长出灌木丛，在我的头发里开出杜鹃花，我的双膝变成前山，我的躯体上将建起葡萄山、房屋和小教堂”，我与自然融为一体，我就成了自然，思维也已经不属于我，社会、信仰、法律也与我无关，我只是一只哼着幸福永恒歌唱的小蜜蜂。

作者用优美抒情的笔调讴歌了阿尔卑斯山脉农家田园风景，作者逃避城市生活的理想所在，是他生活世界的“桃花源”，同时也是对浮躁、复杂的城市生活的批判，对人生、生存价值的一种考虑，启迪人们对自由和生命进行重新思考，也体现出作者积极的精神追求和高尚的人文情怀。

（梁兆卫）

伟大的日子

[美国]海伦·凯勒

在我的记忆中，我平生最重要的日子，是我的老师安妮·曼殊菲尔·沙莉文来到我身边的那天。这一天联系着我两种截然不同的生活，每想到这一点，我的心里便充满了神奇之感。那是一八八七年三月三日，距离我满七岁还有三个月。

在那个重要的日子的下午，我一声不响地站在大门口，我在等待。我从妈妈的手和屋里匆忙来往的人们，模糊地感到某种不寻常的事情就要发生。因此，我来到门口，在台阶上等待着。午后的阳光穿过覆盖在门廊上的金银花，落在我仰着的脸上。我的指头几乎不自觉地流连在熟悉的树叶和花朵之间。那花似乎是为了迎接南方春天的阳光才开放的。我不知道未来给我准备了什么奇迹和意外。几个礼拜以来，我心里不断地受到愤怒和怨恨的折磨。这场激烈的斗争使我感到一种深沉的倦息。

你曾在海上遇到过雾么？你好像感到一片可以触摸到的白茫茫的浓雾，把你重重包围了起来。大船正一边测量着水深，一边向岸边紧张焦灼地摸索前进。你的心怦怦地跳着，等待着事情的发生。在我开始受到教育之前，我就像那只船一样。只不过我没有罗盘，没有测深锤，也无法知道海港在哪里。“光明！给我光明！”这是我灵魂里的没有语言的呼号，而就在一小时之后，爱的光明便照耀到了我的身上。

我感觉到有脚步向我走来，我以为是妈妈，便向她伸出了手。有个人握住了我的手，把我拉了过去，我被一个人抱住了。这人是来让我看到这个有声有色的世界的，更是来爱我的。

我的老师在到来的第二天便把我引到了她的屋里，给了我一个玩具娃娃。那是柏金斯盲人学校的小盲童们送给我的。衣服也是罗拉·布莉治曼[①]给它缝的。但这些情节我都是后来才知道的。

在我玩了一会儿玩具娃娃之后，莎莉文小姐便在我的手心里拼写了 d—o—l—l—[②]这个字。我立即对这种指头游戏感到了兴趣，模仿起来。最后我胜利了，我正确地写出了那几个字母。我由于孩子气的快乐和骄傲，脸上竟然发起烧来。我跑下楼去找到妈妈，举起手写出了 doll 这个字。我不知道我是在拼写一个字，甚至也不知道有字这种东西存在。我只不过用指头像猴子一样模仿着。在以后的日子里，我以这种我并不理解的方式，学会了很多字，其中有 pin（大头针）、hat（帽子）、cup（杯子）；还有几个动词，如 sit（坐）、stand（站）、walk（走）等。到我懂得每一样东西都有一个名字的时候，已是我的老师教了我几个礼拜之后的事了。

有一天，我正在玩着新的玩具娃娃，沙莉文小姐又把我的大玩具娃娃放到了我衣襟里，然后又拼写了 doll 这个字。她努力要让我懂得这两个东西都可以用 doll（玩具娃娃）这个字表示。

前不久我们刚在“大口杯”和“水”两个字上纠缠了许久。沙莉文小姐想尽办法教我 m—u—g 是“大口杯”，而 w—a—t—e—r 是“水”。可是，我老是把这两个字弄混。她无可奈何，只好暂时中止这一课，打算以后利用其他机会再来教我。可是，这一回她又一再地教起来，我变得不耐烦了，抓住新的玩具娃娃，用力摔到地上。我感到玩具娃娃摔坏了，破片落在我的脚上。这时我非常高兴，发了一顿脾气，既不懊悔也不难过。我并不爱那个玩具娃娃。在我生活的那个没有声音没有光明的世界里，本没有什么细致的感受和柔情。我感到老师把破片扫到壁炉的角落里，心里很满足——我的烦恼的根源被消除了。她给我拿来了帽子，我明白我要到温暖的阳光里去了。这种思想（如果没有字句的感觉也能称之为思想的话）使我高兴得手舞足蹈。

我们沿着小路来到井房。井房的金银花香气吸引着我们。有人在汲水，老师把我的手放在龙头下面。当那清凉的水流冲在我的手上的时候，她在我的另一只手的掌心里写了 w—a—t—e—r（水）这个字。她开始写得很慢，后来越写越快。我静静地站着，全部注意力集中到她指头的运动上。我突然朦胧地感到一种什么被遗忘了的东西——一种恢复过来的思想在震颤。语言的神秘以某种形式对我展示出来。我明白了“水”是指的那种奇妙的、清凉的，从我手上流过的东西。那个活生生的字唤醒了我的灵魂，给了它光明、希望和欢乐，解放了它。当然，障碍还是有的，但是已经可以克服了。

我怀着渴望学习的心情离开了井房。每一个东西都有一个名字，每个名字产生一种新的思想，当我们回到屋里去时，我所摸到的每一件东西都好像有生命在颤动。那是因为我用出现在我心里的那种奇怪的新的视觉“看”到了每一个东西。进门的时候，我想起自己打破了的玩具娃娃。我摸到壁炉边，把碎片捡了起来。我努力把它们拼合到一处，但是没有用。我的眼里噙满了泪水，因为我懂得我干出了一件什么样的事，我第一次感到了悔恨和难过。

那一天我学会了很多字，是些什么字，我已忘了，但是我确实记得其中有妈妈、爸爸、姐妹、老师这些字——是这些字让世界为我开出了花朵，像“阿隆[3]的棍子上开出了花朵”一样。在那个新事频出的日子的晚上，我睡上了自己的小床，重温起那一天的欢乐，恐怕很难找到一个比我更加快乐的孩子。我第一次渴望新的一天的到来。

（佚 名译）

作者简介

海伦·凯勒（1880—1968），美国盲聋作家、教育家、慈善家、社会活动家，著有《假如给我三天光明》《我的生活》《再塑生命的人》等。

海伦·凯勒的一生是一个奇迹，而首先开创这个奇迹的是另一位令人敬佩的伟大的女性——她的老师安妮·沙莉文女士。本文节选自海伦·凯勒女士的自传《假如给我三天光明》，以第一人称描述了沙莉文老师是怎样从“水”字开始对小姑娘海伦进行启蒙教育的。

开篇，作者一往情深地回忆起和沙莉文老师相识的日子，内心充满了神奇之感。“那是一八八七年三月三日，距离我满七岁还有三个月。”时间具体而清楚，因为这是一个如此重要的日子，它前后隔开的是截然不同的两个世界。相识之前作者是茫然的，甚至不能用语言来表达自己的期待，就像迷失在浓雾里大海上的一只船，没有方向和归宿，而沙莉文老师的到来，正如作者写到“这人是来让我看到这个有声有色的世界的，更是来爱我的”。然后，作者描述了沙莉文老师以玩具娃娃为道具教她拼写单词“DOLL”，以及教她“大口杯”和“水”之间的区别，作者写到，自己一开始只是热衷于“指头游戏”，单纯地“像猴子一样模仿着”，而后却不耐烦起来，把玩具娃娃当成了“烦恼的根源”摔坏了，并因此感到满足，如实地记载了一个残疾儿童焦躁而野蛮的心理特征，真实而感人。后来，当沙莉文老师把小海伦领到井房，让她用一只手感受清凉的水穿过手指同时在她另一只手上拼写“水”字时，作者有如醍醐灌顶，一下子明白了原来“水”是那种奇妙的、清凉的东西，可以说，正是这次对“水”的学习激醒了海伦灵魂深处的智慧与文明以及对知识的渴望。“我怀着渴望学习的心情离开了井房……”“我第一次渴望新的一天的到来”。

传记作品以纪实性和平素的语言取胜，对此，这篇文章兼而有之，然而除此之外，文章中流露出来的真挚的情感无疑是吸引人的。读一篇文章能够让我们有所思考、有所感动，让我们与作者一道充满希望、渴望新的一天，毫无疑问，这才是一篇优秀的文章。

（张玲玲）

① 罗拉·布莉治曼：盲聋哑人，柏金斯学校很有影响的教师。
② d—o—l—l：英语，玩具娃娃。
③ 阿隆，先知摩西的哥哥，“阿隆的棍子上开出了花朵”一事见《圣经·出埃及记》。

世间最美的坟墓

——记1928年的一次俄国旅行

[奥地利] 斯·茨威格

我在俄国所见到的景物再没有比托尔斯泰墓更宏伟、更感人的了。这将被后代怀着敬畏之情朝拜的尊严圣地，远离尘嚣，孤零零地躺在林荫里。顺着一条羊肠小路信步走去，穿过林间空地和灌木丛，便到了墓冢前；这只是一个长方形的土堆而已，无人守护，无人管理，只有几株大树荫庇。他的外孙女跟我讲，这些高大挺拔、在初秋的风中微微摇动的树木是托尔斯泰亲手栽种的。小的时候，他的哥哥尼古莱和他听保姆或村妇讲过一个古老传说，提到亲手种树的地方会变成幸福的所在。于是，他们俩就在自己庄园的某块地上栽了几株树苗，这个儿童游戏不久也就忘了。托尔斯泰晚年才想起这桩儿时往事和关于幸福的奇妙许诺，饱经忧患的老人突然从中获得了一个新的、更美好的启示。他当即表示愿意将来埋骨于那些亲手栽种的树木之下。

后来就这样办了，完全按照托尔斯泰的愿望；他的坟墓成了世间最美的、给人印象最深刻的、最感人的坟墓。它只是树林中的一个小小长方形土丘，上面开满鲜花——nulla crux，nulla coroma[①]——没有十字架，没有墓碑，没有墓志铭，连托尔斯泰这个名字也没有。这个比谁都感到受自己的声名所累的伟人，就像偶尔被发现的流浪汉，不为人知的士兵一般不留名姓地被人埋葬了。谁都可以踏进他最后的安息地，围在四周的稀疏的木栅栏是不关闭的——保护列夫·托尔斯泰得以安息的没有任何别的东西，唯有人们的敬意；而通常，人们却总是怀着好奇，去破坏伟人墓地的宁静。这里，逼人的朴素禁锢住任何一种观赏的闲情，并且不容许你大声说话。风儿在俯临这座无名者之墓的树木之间飒飒响着，和暖的阳光在坟头嬉戏；冬天，白雪温柔地覆盖这片幽暗的土地。无论你在夏天和冬天经过这儿，你都想象不到，这个小小的、隆起的长方形包容着当代最伟大的人物当中的一个。然而，恰恰是不留姓名，比所有挖空心思置办的大理石和奢华装饰更扣人心弦：在今天这个特殊的日子里，成百上千到他的安息地来的人中间没有一个有勇气，哪怕仅仅从这幽暗的土丘上摘下一朵花留作纪念。人们重新感到，这个世界上再也没有比这最后留下的、纪念碑式的朴素更打动人心的了。巴黎荣军院圣路易教堂大理石穹隆底下拿破仑的墓穴，魏玛公侯之墓中歌德的灵寝，西敏司寺里莎士比亚的石棺，看上去都不像树林中的这个只有风儿低吟，甚至全无人语声，庄严肃穆，感人至深的无名墓冢那样能剧烈震撼每一个人内心深藏着的感情。

（张厚仁 译）

作者简介

斯·茨威格（1881—1942），奥地利著名作家、小说家、传记作家，著有《最初的经历》《马来狂人》《一个陌生女人的来信》《一个女人一生中的二十四小时》等。

《世间最美的坟墓》是茨威格的散文代表作之一。茨威格出生于德国犹太人之家，以其出众的才华和勤奋的努力成为一代语言大师，而托尔斯泰则是他心目中的伟人。作家茨威格用朴素的笔调带我们走近托尔斯泰的坟墓，走近托尔斯泰。

托尔斯泰的墓“没有十字架，没有墓碑，没有墓志铭”，就连托尔斯泰的名字也没有，这是一个渴望宁静的选择。信仰、声誉团团地把一个个世人围住，没有一刻的安宁，“乱哄哄，你方唱罢我登场”，到头来面对死亡，面对另一个一无所知的彼岸世界，我们又能带走些什么？只不过是“白茫茫一片真干净”！托尔斯泰选择了林荫中的一个小小的长方形土丘，春天的和风，夏天的阳光，秋天的落叶，冬天的白雪无声地陪伴着这个远离尘嚣、孤零零地躺在地下的老者，安慰着一颗对宁静有着无限渴望的心。或许，我们作为一个凡人总会怀着对伟人的一种好奇而去破坏伟人墓地的宁静，但是当我们在看到墓地的一刹那，好奇心消失了，“逼人的朴素禁锢住任何一种观赏的闲情”，我们的心中有的只是震撼和敬畏，庄严和神圣充斥在我们的心间。作者还提到富丽堂皇的拿破仑坟墓、歌德的陵寝、莎士比亚的石棺，被人挖空心思地打扮得就像一个令人敬而远之的贵妇人，而埋葬托尔斯泰的小土丘毫无修饰，毫无人工痕迹，但是我们更能体会到他那颗安稳而平静的心，那种泰然的神情和略带忧伤的眼神。就像处在海德格尔所说的“空间”中，并不是单纯的位置地点的远近，更多的则是心理距离，在这里我们离托尔斯泰是近的，就像童年的我们静静地躺在爷爷的身边，一边晒着阳光，一边回味着遥远的故事，老黄狗安静地坐在旁边，周围混着干草和阳光的气味，我们的心是近的。所以，当我们走近小土丘时，不会照相留个纪念，不会无缘无故地摘一朵小花，只会静静地伫立在那里，借着温柔的风儿，去贴近那颗伟大的心。

坟墓完全是按照托尔斯泰的遗愿修的，而托尔斯泰这一选择的出发点和终极目标都是为了追寻幸福，尽管只是一个长方形的土堆，无人守护，无人管理。但是庇护这个小土堆的几株大树却是托尔斯泰亲手栽种的，这是他对幸福许诺的地方。我们可能无法理解托尔斯泰所追求的具体幸福是什么，但幸福好像迟迟没有来到他的双手之间。直到老年突然想起童年的趣事，一种对幸福的渴望，一种对喧嚣的厌倦，驱使着这颗疲惫的心，选择了树荫，选择了宁静，但对幸福的追求却永远没有改变。这正是作者开篇就告诉我们的："我在俄国所见到的景物再没有比托尔斯泰墓更宏伟、更感人的了。"

茨威格用朴素的笔调给我们叙述了一个伟大作家的坟墓，但那种敬畏、感动的心情却是满纸淋漓。这种叙述的朴素和托尔斯泰坟墓的简单异常紧密地结合成一个整体，让我们体会到托尔斯泰的朴素而宏伟，简单而不平凡的心。《世间最美的坟墓》在艺术上的最大成功也在于通过描写一个普普通通的坟墓，不仅歌颂了托尔斯泰伟大的风格、不懈的追求，而且启迪我们思索朴素与伟大、平凡与尊贵、不朽与湮灭等人生问题，寻求生命的真谛。

（梁兆卫）

① 拉丁文，没有十字架，没有墓碑。

疯子

［黎巴嫩］纪伯伦

我在疯人院的花园里遇到了一个青年，脸容苍白、秀丽，可又充满诧异的神色。

我坐在长凳上他的身边，我开口道：“你为什么在这儿？”

他惊讶地瞧着我，然后说道：“这是个不礼貌的问题，不过我还是要回答你。我的父亲要我成为同他一模一样的人，我叔父也指望我同他一个模样。我的母亲但愿我活像她那大名鼎鼎的父亲。我的姐姐以为她那航海的丈夫是个十全十美的榜样，要我亦步亦趋地学他。我的哥哥认为我应该像他一样当个运动员。

“我的老师们亦然如此，要我成为哲学博士，音乐大师和逻辑学家，他们也都是坚决的，每个人都只要我成为他的尊容在镜子里的反映。

“所以我就到这个地方来了。我觉得这儿疯人院倒比较神志清醒。至少，我可以成为我自己。”

于是，那青年突然向我转过脸来，问道：“可是请你告诉我，难道你也是被教育和善意的忠告赶到疯人院来的吗？”

我回答道：“不，我是个访问者。”

那青年便说：“噢，有的人就住在疯人院里墙壁那一边，原来你就是其中之一啊。”

（佚 名译）

作者简介

纪伯伦（1883—1931），黎巴嫩诗人、散文作家、画家，著有《我的心灵告诫我》《先知》《论友谊》。

《疯子》是纪伯伦的代表作之一，叙述的是“我”在疯人院里和一个青年的一段对话。通过对话，作者提出了一个发人深思的问题：究竟谁是疯子？在青年的思维里有两个世界：一个是精神病医院，这是一个正常的世界；一个是与精神病医院相隔离的外面世界，而这却是不正常的世界。这种思维本来就是一种“颠倒”的思维，而他头脑中的世界也是一个“颠倒”的世界。

从这个青年的视角来看，他的父亲、叔父、母亲、姐姐、哥哥，这些和自己有血缘关系的人要他成为成功模式的复制品，而且具有渊博知识、本以为开明、开放的老师也要他成为别人的镜像，这一切逼迫着他逃离那个他自己所不能理解的世界而来到疯人院——这个在他看来比较清醒的世界。在这里，他可以活出真正的自己，不用再成为别人的复制品，这才是一个真正的正常世界。从远古时代人就会对自己不断地追问：“我是谁？我从哪里来？我到哪里去？”寻找自己，可能是人永远摆脱不了的内在情结，但这种永恒情结随着文明的发展和进步却有一种被压抑甚至被消灭的危险，个性成为一种不合时宜和不受欢迎的东西。其实，作者在这里真正想探讨的还是个人与社会的关系问题。父亲、叔父、母亲、姐姐、哥哥、老师等是作为社会的代表，力量是强大的，而这个青年则是个人的代表，和整个社会相比很明显处于弱势。社会竭力控制、束缚个人，而个人则努力摆脱这种控制和束缚，所以不可避免的矛盾冲突就产生了。但是无论个人如何努力，就像笼中之鸟，始终无法避免这种受控制、受束缚的命运，他只能逃向另外的一个世界——精神病医院，进入这个世界，别人就不会把习惯的社会势力强加在他的头上，也没有人再去强迫他做什么。这无疑是对正常社会的一种辛辣的嘲讽。青年用这种无奈而又极端的方式表达自己对社会的不满和抗议。我们小时候经常会被问到这样的问题："长大后你想成为什么样的人？"从一开始，孩子自己的存在就被漠视，甚至被忽视，我们始终看到的是榜样和模型，而不是我们真正的自己。

在文章的结尾，青年最后说的一句话也是特别耐人寻味的。在青年人的眼里，作者不属于疯人院这个世界，而属于社会所谓的正常世界。这从开始谈话时年轻人的诧异神色也可以看出，因为一个理解他的人不可能问那么愚蠢的问题。在深层的含义里，年轻人实际上暗示了"我"：我和他其实相差并不远，不过一墙之隔罢了。处在社会的控制和束缚中，我们随时都可能进入到墙的这边来，而不只是来访问的。这无疑又是对社会的一个冷酷的嘲讽，也不得不引起社会的整体反思。

（梁兆卫）

克拉克河谷怀旧

［美国］海明威

夏末，大鳟鱼告别了上游的水坑，游到了溪河中央，正要顺流而下，到大峡谷的深水里过冬。因此，九月的头二周，正是垂钓的好时节。此地的鳟鱼肥壮、滑嫩、亮光光的。几乎所有的鳟鱼都跳着咬钩。你要是放两把鱼钩，多半能同时钓着两尾鳟鱼。要在湍急的溪流中摆弄好上了钩的鱼，那技巧就不能是一般的娴熟。

夜凉如冰。你若在半夜醒来，会听见郊狼的嚎声。白天，你不必过早到溪边去。一夜的寒风吹彻了溪水。太阳要几近正午才能照到溪河上。只有到那时，鳟鱼才肯出来捕食。

清晨，你可以骑马到野外溜达溜达，要不，就坐在小屋前，任阳光照在身上，慵懒地远眺河谷对岸。那儿，饲草割了，草地一片萎黄，在一排颤杨映衬下，平平展展的。这会儿到了秋天，颤杨也黄了。远方，起伏的群山上，鼠尾草一片银灰色。

河的上游，耸立着两座山峰：引航峰和二指峰。月底，我们可以到那儿去猎山羊。你坐在阳光里，心里惊叹着，群山远远望去竟有如此端正的形状：线条清晰，轮廓分明。于是，你记起了从遥远的地方望到的山影。这情景不同于你停车地方的嶙峋的山崖，不同于你跨过的起伏不平的滑岩，也不同于那突出的狭长的石块。你汗涔涔地从这块通到山峰后面的石头上摸行着，不敢朝下边望一眼；你绕过线条圆滑而规则的山峰，来到一片空地上。下边，山腰上有一块绿草茵茵的凹地。一只老公羊正带着三只小公羊在凹地上的野林里吃草。

老公羊一身紫灰，只有臀部是白色的，它抬起头时，你能看见它头上的那对犄角又大又厚实。你躺在三里外的一块背风的岩石后面，用一副蔡斯望远镜细细搜寻着这高地上的每一寸风光。当你望着碧油油的野桧丛时，老公羊暴露在你的视线里的，正是它臀部的那撮白毛。

这会，你坐在小屋前面。我还记得朝山下射去的子弹。小公羊们直起身子，转过头来注视着老公羊，等着它站起来。它们看不见高处的你，也没有嗅出你的气味。枪声没有惊动它们，它们以为只是又滚下去了一块卵石。

曾记当年，我们在林溪的源头盖了一间木屋。我们每次外出，大灰熊总是撞开了屋门。那年的雪姗姗来迟，这头熊因此迟迟不肯冬眠。整个秋天，它不是扯开木屋的门，就是毁坏陷阱。它精明绝顶，白天，你断不会见到它。你还记得，后来，小锤溪溪头的高地上，来了三头大灰熊。你听到木头断裂的声音，以为母麋在奔跑。跟着，它们出现在眼前，在零零碎碎的日影里，偷偷地、轻悠悠地跑着；下午的太阳照在它们身上，短而硬的鬃毛闪烁着柔和的银光。

你记得，秋天，麋鹿一天天肥胖起来；公牛离你那么近，它抬头时，你能看到它胸脯肌肉的起伏。但是，你仍看不见它藏在密林中的头。你听到了深沉而高亢的叫声，听见了山谷那边的应和声。你想起了你放弃的一只只畜生的头；你没有朝它们开枪。它们全令你心旷神怡。

你记得那些初学骑马的孩子们；不同的马，不同的骑法。他们是那么热爱着这片乡村。你记得最初踏上这块土地时的情形。那年，你开着新买的平生第一辆车来这儿，一下呆了四个多月；因为，你得等沼泽地上的路冻得结结实实，车子才能开出去。你该没忘记：一次次的狩猎，一次次的垂钓；该没忘记烈日下的策马扬鞭，还有灰蒙蒙的货车车厢。在寒意袭人的深秋，你骑着马，默默地跟在牛群的后面，朝高坡上走去；你发觉，它们像野鹿一样，既狂蹦乱窜，又温顺恬静；只是当它们全被聚拢在一起，朝山下低矮的田野赶去的时候，才高声嘶喊咆哮起来。

然后，就到冬天。树枝上光秃秃的。大雪漫天飞舞，你看不见路；马鞍湿了，结了一层冰，你照样在雪地上踏出一条道儿，不停地挪动着双腿，朝山下走去。你到了牧场，一边品尝着撩人的、热乎乎的威士忌，一边在旺烈的炉火旁换上干净衣服。乡村真美。

（晓 风译）

作者简介

海明威（1899—1961），美国记者、作家，著有《老人与海》《太阳照样升起》《永别了，武器》等。1954 年获诺贝尔文学奖。

海明威作为美国作家“迷惘的一代”的代表，他笔下战争的惨烈和荒诞，战后西方资本主义社会的道德沦丧和精神崩溃，“硬汉”的形象以及豪饮、钓鱼、滑雪、打猎、拳击、斗牛的潇洒人生，以“冰山”为象征的深沉含蓄的艺术风格和简洁明快的散文语言，都成为我们抹不去的记忆。

写景散文《克拉克河谷怀旧》延续了海明威经典的简明清新的行文风格。从夏末到冬天，克拉克河谷的一切都那么自然而迷人。读罢，便觉得如临其境，如沐春风。清清爽爽的文章，自内透出自然美的风韵。

简明而富有活力的语言成就了文章清新扑面的气质。文章首段用“跳”字形容鳟鱼咬钩的情景，使人似乎能看到那“肥壮、滑嫩、亮光光”的身子跃出水面的弧线，又能听见它拍打水面的清脆声响，简单的一个动词就涵盖了垂钓的无限乐趣。

第二人称“你”的使用迅速拉近了读者和作者的距离。似乎这文章专门为你而作，而你也情不自禁地为钓到肥硕的鳟鱼而欣喜若狂；为爬过山峰而战战兢兢、手心出汗；为望远镜中看到的老公羊臀部的白毛而偷笑；为迟迟不肯冬眠、总是来搞破坏的大灰熊的聪明绝顶而感慨为林中隐藏的公牛的高亢应和而心旷神怡；为撩人的、热乎乎的威士忌而由衷赞叹……于是，你就在克拉克河谷。

文中流露出的自然闲适的心境将怀旧的美感推向了极致，也最是令人向往。“任阳光照在身上，慵懒地远眺河谷对岸”，就是在这种“采菊东篱下，悠然见南山”的自然恬静之中，旧日的克拉克河谷浮现在眼前，一种难以名状的幸福也浸润心头。只需静静看那萎黄平展的草地、轮廓分明的远山，看那老公羊带着三只小公羊悠悠地在野林里吃草，看那大灰熊在零零碎碎的日影里偷偷地、轻悠悠地跑，短而硬的鬃毛闪烁着柔和的银光，看那公牛的胸肌起伏，这一幅幅的剪影不经意就勾起了你对自然之美和往昔之美的怀恋。一次次的狩猎，一次次的垂钓，烈日下策马扬鞭，飞雪中踏出山道，作者和学骑马的孩子一样，“那么热爱着这片乡村”。

温暖的火炉烘干了衣服，撩人的威士忌灼热了心肺，作者再也忍不住，说一声“乡村真美”，还是这么简洁的语言，甚至连个感叹号都没有，全文戛然而止，却在平静之中留下了一片的美不胜收的风景和挥之不去的旧日情怀。

（杨 莹）

花未眠

[日本] 川端康成

我常常不可思议地思考一些微不足道的问题。昨日一来到热海的旅馆，旅馆的人拿来了与壁龛里的花不同的海棠花。我太劳顿，早早就入睡了。凌晨四点醒来，发现海棠花未眠。

发现花未眠，我大吃一惊。有葫芦花和夜来香，也有牵牛花和合欢花，这些花差不多都是昼夜绽放的。花在夜间是不眠的。这是众所周知的事。可我仿佛才明白过来。凌晨四点凝视海棠花，更觉得它美极了。它盛放，含有一种哀伤的美。

花未眠这众所周知的事，忽然成了新发现花的机缘。自然的美是无限的。人感受到的美却是有限的。正因为人感受美的能力是有限的。所以说人感受到的美是有限的，自然的美是无限的。至少人的一生中感受到的美是有限的。是很有限的。这是我的实际感受，也是我的感叹。人感受美的能力，既不是与时代同步前进，也不是伴随年龄而增长。凌晨四点的海棠花，应该说也是难能可贵的。如果说，一朵花很美，那么，我有时就会不由自主地自语道：要活下去！

画家雷诺阿说：只要有点进步，那就是进一步接近死亡，这是多么凄惨啊。他又说：我相信我还在进步。这是他临终的话。

米开朗琪罗[①]临终的话也是：事物好不容易如愿表现出来的时候，也就是死亡。米开朗琪罗享年八十九岁。我喜欢他的用石膏套制的脸型。

毋宁说，感受美的能力，发展到一定程度是比较容易的。光凭头脑想象是困难的。美是邂逅所得，是亲近所得。这是需要反复陶冶的。比如唯一一件的古美术作品，成了美的启迪，成了美的开光[②]，这种情况确是很多。所以说，一朵花也是好的。

凝视着壁龛里摆着的一朵插花，我心里想道：与这同样的花自然开放的时候，我会这样仔细凝视它吗？只摘了一朵花插入花瓶，摆在壁龛里，我才凝神注视它。不仅限于花。就说文学吧，今天的小说家如同今天的歌人一样，一般都不怎么认真观察自然。大概认真观察的机会很少吧。壁龛里插上一朵花，要再挂上一幅花的画。这画的美，不亚于真花的当然不多。在这种情况下，要是画作拙劣，那么，真花就更加显得美。就算画中花很美，可真花的美仍然是很显眼的。然而，我们仔细观赏画中花，却不怎么留心欣赏真的花。

李迪、钱舜举也好，宗达、光琳、御舟以及古径也好，许多时候我们是从他们描绘的花画中领略到真花的美。不仅限于花。最近我在书桌上摆上两件小青铜像，一件是罗丹创作的《女人的手》，一件是玛伊约尔[③]创作的《勒达像》[④]。光这两件作品也能看出罗丹和玛伊约尔的风格是迥然不同的。从罗丹的作品中可以体味到各种的手势，从玛伊约尔的作品中则可以领略到女人的肌肤。他们观察之仔细，不禁让人惊讶。

我家的狗产崽，小狗东倒西歪地迈步的时候，看见一只小狗的小小形象，我吓了一跳。因为它的形象和某种东西一模一样。我发觉原来它和宗达所画的小狗很相似。那是宗达水墨画中的一只在春草上的小狗的形象。我家喂养的是杂种狗，算不上什么好狗，但我深深理解宗达高尚的写实精神。

去年岁暮，我在京都观赏晚霞，就觉得它同长次郎[⑤]使用的红色一模一样。我以前曾看见过长次郎制造的称之为夕暮的名茶碗。这只茶碗的黄色带红釉子，的确是日本黄昏的天色，它渗透到我的心中。我是在京都仰望真正的天空才想起茶碗来的。观赏这只茶碗的时候，我不由地浮现出坂本繁二郎的画来。那是一幅小画。画的是在荒原寂寞村庄的黄昏天空上，泛起破碎而蓬乱的十字形云彩。这的确是日本黄昏的天色，它渗入我的心。坂本繁二郎画的霞彩，同长次郎制造的茶碗的颜色，都是日本色彩。在日暮时分的京都，我也想起了这幅画。于是，繁二郎的画、长次郎的茶碗和真正黄昏的天空，三者在我心中相互呼应，显得更美了。

那时候，我去本能寺拜谒浦上玉堂的墓，归途正是黄昏。翌日，我去岚山观赏赖山阳刻的玉堂碑。由于是冬天，没有人到岚山来参观。可我却第一次发现了岚山的美。以前我也曾来过几次，作为一般的名胜，我没有很好地欣赏它的美。岚山总是美的。自然总是美的。不过，有时候，这种美只是某些人看到罢了。

我之发现花未眠，大概也是由于我独自住在旅馆里，凌晨四时就醒来的缘故吧。

（佚 名译）

作者简介

川端康成（1899—1972），日本新感觉派作家、著名小说家，著有《伊豆的舞女》《雪国》《千只鹤》等。1968年获诺贝尔文学奖。

“自然的美是无限的。人感受到的美却是有限的。”人生短暂，以有限比之于无限往往显出人的渺小、无力、单薄；而曾获诺贝尔文学奖的日本著名作家川端康成对美的追求却可谓是无限的。他的散文《花未眠》一文传达给我们的就是这种“无限”的感受。它动人，也让人清醒，那是用心灵感知的对自然、生命的观照，那是真正的对美的追求，朴实无华。它伟大，深沉，厚重。

在《花未眠》中，川端先生以含蓄的文辞，在平静中给人以美，给人以感动。文章丝毫没有华美辞藻的堆砌，没有主观情感的意象，却带领我们进入一种深邃的禅思意境，去追寻，去体味那份不同寻常的美。

“美是邂逅所得”，在于一份“机缘”。作家偶然一次在旅馆中“凌晨四点醒来，发现海棠花未眠”，这便成了对于花的美的重新认识和思考的起点。海棠花凌晨四点盛放，作者于凝视中“觉得它美极了”。川端先生用“禅”的体验，于“机缘”中去发现美，感悟美。因为人感受美的能力是有限的，“既不是与时代同步前进，也不是伴随年龄而增长”，所以说，“至少人的一生中感受到的美”是“很有限的”。因此，作家觉得由发现海棠花未眠而重新发现花的美，花的生命和活力，“也是难能可贵的”，“有时就会不由自主地自语道：‘要活下去！’”用有限的生命去实现对无限的美的感受和追求。

“美是亲近所得”，发现美在于“机缘”，而这份“机缘”同样在于追求，在于“反复陶冶”，在于对自然生命美的用心观照和发现。作家接下来谈到真花和画中花的不同的美，在一些知名画家描绘的画中“领略到真花的美”；谈到罗丹、玛伊约尔的雕塑与真的手、皮肤的相关，“他们观察之仔细，不禁让人惊讶”；谈到宗达所画的狗与自家狗的相似，“深深理解宗达高尚的写实精神”；最后谈到繁二郎的画、长次郎的茶碗和黄昏天空的水乳交融，“三者在我心中相互呼应，显得更美了”。作家写的这些知名艺术家的共同之处在于他们拥有一双正视自然美的眼睛，用心将自然之美融于作品中，崇尚富有生命力的自然之美，而这也正是作家毕生之追求，灵魂之希骥。

融入了自我灵魂的文章，它的感情便渗入文章的肌骨，也渗入看文章人的心中。只是对美的朴实的描述，只是平缓的语气如慈祥的祖父，只是……似乎已可以让人读得泪流。这就是伟大灵魂铸就的文章，没有浮华绮丽，少有高起低去，就那么凄淡的，却又回味着。文字间飘荡着一种若有若无的佛性，让人可以静心地看，不忍释手，不是震撼却又留思久绕。

川端先生追求了一生，追寻"美"的所在与真谛。正如他文中引用伟大的艺术家米开朗琪罗临终之语："事物好不容易如愿表现出来的时候，也就是死亡。"川端或许正是完成了他对"美"的追寻，实现了"顿悟"而"如愿表现出来"。因此，他对美的追寻的旅途可以结束了，于是他用"美"来将它完结，在73岁上他毫无留恋地结束了自己的生命。

花未眠，人已逝，思无限。

（吕菲菲）

① 米开朗琪罗（1475—1564），意大利文艺复兴时期最大的艺术家之一，擅长雕刻、绘画等。
② 佛语，谓佛像开眼之光明，亦称"开眼"。
③ 玛伊约尔（1861—1944），法国雕刻家。
④ 希腊神话中斯巴达国国王之妻。
⑤ 田中长次郎（1516—1592），日本素陶制品的鼻祖。

归来的温馨

[智利] 聂鲁达

我的住所幽深，院内树木繁茂。久别之后，房子的许多去处吸引我躲进去尽情享受归来的温馨。花园里长起神奇的灌木丛，发出我从未领受过的芬芳。我种在花园深处的杨树，原来是那么细弱，那么不起眼，现在竟长成了大树。它直插云天，表皮上有了智慧的皱纹，梢头不停地颤动着新叶。

最后认出我的是栗树。当我走近时，它们光裸干枯的、高耸纷繁的枝条，显出莫测高深和满怀敌意的神态，而在它们躯干周围正萌动着无孔不入的智利的春天。我每日都去看望它们，因为我心里明白，它们需要我去巡礼，在清晨的寒冷中我凝然伫立在没有叶子的枝条下，直到有一天，一个羞怯的绿芽从树梢高处远远地探出来看我，随后出来了更多的绿芽。我出现的消息就这样传遍了那棵大栗树所有躲藏着的满怀疑虑的树叶；现在，它们骄傲地向我致意，俨然已经习惯了我的归来。

鸟儿在枝头重新开始往日的啼鸣，仿佛树叶下什么变化也未曾发生。

书房里等待我的是冬天和残冬的浓烈气息。在我的住所中，书房最深刻地反映了我离家的迹象。

封存的书籍有一股亡魂的气味，直冲鼻子和心灵深处，因为这是遗忘——业已湮灭的记忆——所产生的气味。

在那古老的窗子旁边，面对着安第斯山顶上白色和蓝色的天空，在我的背后，我感到了正在与这些书籍进行搏斗的春天的芬芳。书籍不愿摆脱长期被人抛弃的状态，依然散发一阵阵遗忘的气息。春天身披新装，带着忍冬的香气，正在进入各个房间。

在我离家期间，书籍给弄得散乱不堪。这不是说书籍短缺了，而是它们的位置给挪动了。在一卷十七世纪古版的严肃的培根著作旁边，我看到萨尔加里[①]的《尤卡坦旗舰》；尽管如此，它们倒还能够和睦相处。然而，一册拜伦诗集却散开了，我拿起来的时候，书皮像信天翁的黑翅膀那样掉落下来。我费力地把书脊和书皮缝上，事前我先饱览了那冷漠的浪漫主义。

海螺是我住所里最沉默的居民。从前海螺连年在大海里度过，养成了极深的沉默。如今，近几年的时光又给它增添了岁月和尘埃。可是，它那珍珠般冷冷的闪光，它那哥特式的同心椭圆形，或是它那张开的壳瓣，都使我记起远处的海岸和事件。这种闪着红光的珍贵海螺叫 Rosteilaria，是古巴的软体动物学家——深海的魔术师——卡洛斯·德·拉·托雷，有一次把它当作海底勋章赠给我的。这些加利福尼亚海里的黑“橄榄”，以及同一处来的带红刺的和带黑珍珠的牡蛎，都已经有点儿褪色，而且盖满尘埃了。从前，就在有那么多宝藏的加利福尼亚海上，我们险些遇难。

还有一些新居民，就是从封存了很久的大木箱里取出的书籍和物品。这些松木箱来自法国，箱子板上有地中海的气味，打开盖子时发出嘎吱嘎吱的歌声，随即箱内出现金光，露出维克多·雨果著作的红色书皮。旧版的《悲惨世界》便把形形色色令人心碎的生命，在我家的几堵墙壁之内安顿下来。

不过，从这口灵柩般的大木箱里出来一张妇女的可亲的脸，木头做的高耸的乳房，一双浸透音乐和盐水的手。我给她取名叫“天堂里的玛利亚”，因为她带来了失踪船只的秘密。我在巴黎一家旧货店里发现她光彩照人，当时她因为被人抛弃而面目全非，混在一堆废弃的金属器具里，埋在郊区阴郁的破布堆下面。现在，她被放置在高处，再次焕发着活泼、鲜艳的神采出航。每天清晨，她的双颊又将挂满神秘的露珠，或是水手的泪水。

玫瑰花在匆匆开放。从前，我对玫瑰很反感，因为她没完没了地附丽于文学，因为她太高傲。可是，眼看她们赤身裸体顶着严冬冒出来，当她在坚韧多刺的枝条间露出雪白的胸脯，或是露出紫红的火团的时候，我心中渐渐充满柔情，赞叹她们骏马一样的体魄，赞叹她们含着挑战意味发出的浪涛般神秘的芳香与光彩；而这是她们适时从黑色土地里尽情吸取之后，像是责任心创造奇迹，在露天地里表露的爱。而现在，玫瑰带着动人的严肃神情挺立在每个角落，这种严肃与我正相符，因为她们和我都摆脱了奢侈与轻浮，各自尽力发出自己的一分光。

可是，四面八方吹来的风使花朵轻微起伏、颤动，飘来阵阵沁人心脾的芳香。青年时代的记忆涌来，令人陶醉：已经忘却的美好名字和美好时光，那轻轻抚摸过的纤手、高傲的琥珀色双眸以及随着时光流逝已不再梳理的发辫，一起涌上心头。

这是忍冬的芳香，这是春天的第一个吻。

（林　光译）

作者简介

聂鲁达（1904—1973），智利著名诗人，1971 年 10 月获诺贝尔文学奖，著有《黄昏》《二十首情诗和一支绝望的歌》《爱情十四行诗 100 首》等。

《归来的温馨》一文是智利著名诗人聂鲁达在长期离家归来后写的一篇富有浓情厚谊的抒情性散文。本文中诗人把对于自然之物和生活的认识，新鲜独特的感受及深挚的爱融于笔墨之中，对归来后所见家园的每一笔“描摹”，每一次“着色”，无不饱含真情地自心底经笔端倾泻而出。

时空的距离往往会产生别一样的美感，如别时的依依难舍，别后的殷殷期盼、苦苦思念，相聚时的欣喜、新奇和融融暖意。《归来的温馨》一文，作者用诗一般的笔调传达给我们的便是这样一种归来后的浓浓温馨和美感。

通常情况下，久不归家，庭院无人打理，花园里长起了灌木丛该是一片令人感伤的凄清荒凉之景，但是作者感受到的却不是荒凉，而是一种“温馨”，一种散发着灌木丛芳香的“温馨”，一种“从未领受过的芬芳”，温馨是园中物象营造的，但草木无知，何以有情？是诗人有情，是诗人以恋家的情怀，以浓情爱意浸染过那些园中之物，才使它们表现得如此有情有义，含情含义吧！

纵观全文，联系其中的物象，诗人对家，对家中的一切，离开之前和归来之际的感受是有强烈反差的。栗树原本是一种“莫测高深和满怀敌意的神态”，而现在则是“骄傲地向我致意”；从前“对玫瑰很反感”，认为“她没完没了地附丽于文学”，“因为她太高傲”，而现在却让诗人“心中渐渐充满柔情”，因为“眼看她们赤身裸体顶着严冬冒出来”，“在坚韧多刺的枝条间露出雪白的胸脯，或是露出紫红的火团的时候”，诗人被她们的美感动了。想到她们含着挑战意味发出“浪涛般神秘的芳香与光彩”，现在的她们如同诗人一般“摆脱了奢侈与轻浮，各自尽力发出自己的一分光”，作者被她们的精神再一次打动，或许也是自我的感动及体验的心灵共鸣。

当熟悉的人与人、人与物有了时空的距离，便会给人一种重新审视品味以往的机会，归来之后也给予了人一种创造新变、憧憬未来的机会，此时这种新感受借着春天的脚步和活力，给人一种莫大的鼓舞，因此，当诗人重新步入书房，“面对着安第斯山顶上白色和蓝色的天空”，他感到了正在与他背后的那些具有“亡魂的气味”的书籍“进行搏斗的春天的芬芳”。她“身披新装，带着忍冬的香气，正在进入各个房间”。给人希望，给人力量！

歌德说：“艺术要通过一种完整体向世界说话，但这种完整体不是他（指艺术家）在自然中所能找到的，而是他自己的心智的结果。”我们从文中可以看出，聂鲁达确实把他描写的“家园”自然地融合在一处，诗人活泼生动而又极富抒情性的语言将他久别归来的喜悦和感受到的温馨情意自心底汩汩流出。“春天的第一个吻”或许是家园献给作者的“礼物”，也是充满活力的新生活的开始吧！

（吕菲菲）

① 萨尔加里（1863—1911），意大利作家，著有多种探险小说和游记。

图书在版编目（CIP）数据

精美散文最新读本 / 王景科，丁建元主编. —济南：山东友谊出版社，2016.1（2018.6 重印）
ISBN 978-7-5516-0950-0

Ⅰ.①精… Ⅱ.①王… ②丁… Ⅲ.①散文集－世界 Ⅳ.①I16

中国版本图书馆CIP数据核字（2016）第001104号

主管单位：山东出版传媒股份有限公司
出版发行：山东友谊出版社
地　　址：济南市英雄山路189号　　邮政编码：250002
电　　话：出版管理部（0531）82098756
　　　　　市场营销部（0531）82098035（传真）
印　　刷：龙口市新华林文化发展有限公司
版　　次：2016年1月第1版
印　　次：2018年6月第4次印刷
规　　格：170mm×240mm
印　　张：10
字　　数：140千
定　　价：20.00元
